LA FEMME À LA JUPE VIOLETTE

Natsuko Imamura

LA FEMME À LA JUPE VIOLETTE

ROMAN

Traduit du japonais
par Mathilde Tamae-Bouhon

MERCVRE DE FRANCE

BIBLIOTHÈQUE ÉTRANGÈRE
Collection dirigée par
Marie-Pierre Bay

Titre original :
むらさきのスカートの女
(MURASAKI NO SKIRT NO ONNA)

Dans mon quartier habite une personne surnommée « la femme à la jupe violette ». On l'appelle ainsi car elle porte toujours une jupe de couleur violette.

Au début, je pensais qu'il s'agissait d'une jeune femme. Peut-être était-ce à cause de sa petite stature et de sa chevelure noire, qui lui tombe jusqu'aux épaules. De loin, on dirait une collégienne. Mais de plus près, on s'aperçoit qu'elle n'est pas jeune du tout : elle a les joues constellées de taches, et ses cheveux, bien que longs, sont secs et ternes. Une fois par semaine, la femme à la jupe violette se rend à la boulangerie pour y acheter une brioche à la crème. Chaque fois, je l'observe à la dérobée, tout en faisant mine de choisir des pâtisseries. Et chaque fois, j'ai l'impression qu'elle me rappelle quelqu'un. Je me demande qui.

Dans le parc de mon quartier se trouve un banc baptisé « le siège réservé de la femme à la jupe violette ». Il s'agit de l'un des trois bancs alignés du côté sud du parc, c'est le plus au fond.

Un jour, la femme à la jupe violette s'est acheté une brioche à la crème à la boulangerie avant de traverser la galerie marchande pour rejoindre le parc. Quinze heures venaient de sonner. Le feuillage des chênes plantés tout autour faisait de l'ombre au siège réservé de la femme à la jupe violette. Après s'être installée à sa place habituelle au milieu du banc, la femme à la jupe violette a mangé la brioche qu'elle venait d'acheter, utilisant sa main comme une soucoupe afin de ne pas mettre de la crème partout. Elle a inspecté quelques instants la partie décorée d'amandes effilées, puis l'a fourrée entre ses dents, en prenant le temps de bien mâcher, comme pour mieux savourer la dernière bouchée.

Comme je la regardais, une pensée m'est venue – la femme à la jupe violette ressemble à ma sœur aînée. Je sais bien sûr que ce n'est pas elle. Après tout, elles n'ont pas le même visage.

Comme la femme à la jupe violette, ma sœur était du genre à prendre son temps pour se délecter de la « bonne bouche ». D'un caractère docile au point de me laisser le dernier mot lors de nos disputes, elle devenait extraordinairement butée dès lors qu'on touchait à la nourriture. Son mets préféré était le flan, dont elle recueillait la sauce caramel restée au fond du pot à l'aide d'une cuiller pour la contempler dix, voire vingt minutes. « Tu n'as qu'à me la donner, si tu n'en veux pas », lui avais-je dit un jour avant d'engloutir son trésor sucré, ce qui avait occasionné une bagarre au cours de laquelle nous avions mis la maison sens dessus dessous. Je garde encore au bras gauche la cicatrice de la griffure qu'elle m'avait alors infligée. Nul doute que son pouce droit porte toujours les traces de la morsure par laquelle j'avais répliqué. Voilà vingt ans que nos parents ont divorcé et que la famille s'est délitée. Que peut bien faire ma sœur, à présent ? Je pense toujours que le flan est son mets préféré… Mais peut-être ses goûts ont-ils évolué depuis.

Si la femme à la jupe violette ressemble à ma sœur, cela

signifie-t-il qu'elle me ressemble aussi ? Ou non ? Après tout, nous ne manquons pas de points communs. Si elle est « la femme à la jupe violette », alors je devrais être « la femme au cardigan jaune ».

Hélas, à la différence de « la femme à la jupe violette », personne ne s'intéresse à l'existence de « la femme au cardigan jaune ».

Lorsque « la femme au cardigan jaune » arpente la galerie marchande, nul ne lui prête attention, ce qui n'est pas le cas de « la femme à la jupe violette ».

Mettons, par exemple, que la femme à la jupe violette apparaisse à l'entrée de la galerie. Les réactions se diviseront alors en quatre catégories clairement définies. D'abord ceux qui prétendront ne pas la connaître. Viendront ensuite ceux qui lui cèdent le passage. Puis ceux qui prennent une pose victorieuse, convaincus de leur bonne fortune. Et enfin ceux qui, à l'inverse, se lamentent de leur poisse (car d'après la superstition, si l'on croise deux fois la femme à la jupe violette dans la même journée, de bonnes choses sont à venir, alors que si vous la croisez trois fois, le malheur vous pend au nez).

Le plus surprenant chez la femme à la jupe violette est qu'elle ne change absolument rien à sa routine, quelle que soit la réaction des personnes alentour. Elle poursuit obstinément sa route, se faufilant à travers la foule d'un pas agile. Curieusement, elle ne percute jamais rien ni personne, pas même le week-end, aux heures de grande affluence. De deux choses l'une : soit elle est d'une constitution exceptionnellement athlétique, soit son front est équipé d'un œil supplémentaire. Oui, assurément, elle doit posséder un troisième œil, dissimulé sous sa frange afin de ne pas attirer l'attention et lui offrant une vision à 360 degrés. Quoi qu'il en soit, jamais la femme au cardigan jaune ne saurait rivaliser avec pareille prouesse.

La femme à la jupe violette se déplace avec une aisance telle que je peux comprendre ce qui pousse certains excentriques à tenter de la bousculer. À vrai dire, j'en fais partie, moi aussi. Et j'ai échoué, au même titre que tous les autres. C'était dans les premiers jours du printemps dernier, si je ne m'abuse ; je faisais mine de marcher normalement quand j'ai soudain accéléré l'allure pour aller heurter la femme à la jupe violette, qui se trouvait à quelques mètres devant moi.

Initiative des plus stupides, à la réflexion : elle s'est écartée avec adresse, in extremis, me laissant entrer en collision avec la vitrine d'une boucherie. Par chance, j'en suis sortie physiquement indemne, mais non sans écoper d'une lourde facture de la part du commerce, censée couvrir le montant des réparations.

Plus de six mois se sont écoulés depuis, et ce n'est que tout récemment que je me suis enfin acquittée de ma dette. Cela n'a pas été une mince affaire. Je n'ai pas eu d'autre choix que de m'immiscer une fois par mois dans la kermesse organisé par l'école primaire, chargée d'objets à revendre, afin de gagner un peu d'argent. Regarde dans quel pétrin tu t'es mise, me disais-je les premières fois. Ne fais plus jamais ce genre de bêtises. Tu savais pourtant que personne n'avait encore jamais réussi à bousculer la femme à la jupe violette ! Si elle ne possède pas de troisième œil, c'est forcément qu'elle est de constitution athlétique. Même si quelque chose me dit que ce qualificatif ne correspond pas tout à fait à la femme à la jupe violette... Vue sous cet angle, la légèreté avec laquelle elle louvoie entre les passants m'évoque les mouvements d'une patineuse glissant librement sur la glace. Tenez, elle me rappelle cette jeune fille qui a remporté la médaille de bronze aux récents Jeux olympiques d'hiver – celle qui portait une tenue bleue et parlait bizarrement, comme une grand-mère. Après s'être retirée de la compétition, elle est devenue animatrice pour la télévision, où elle présente un programme pour la jeunesse depuis l'an dernier. Elle a même remporté la première place du classement des personnalités préférées des enfants il n'y a pas si longtemps. La femme à la jupe violette a beau être beaucoup plus âgée qu'elle, elle jouit d'une notoriété comparable (quoique limitée à notre voisinage, bien entendu).

Car la femme à la jupe violette n'est pas seulement célèbre auprès des adultes, elle l'est auprès des enfants, aussi. Je me surprends parfois à espérer que l'équipe de télévision qui passe de temps à autre dans notre galerie marchande ne se contente pas d'interroger les ménagères sur ce qu'elles ont prévu de cuisiner pour le dîner ou ce qu'elles pensent de l'augmentation du prix des légumes, mais qu'elle tende aussi le micro aux personnes âgées et aux plus petits pour leur demander : « Connaissez-vous la femme à la jupe violette ?

— Bien sûr ! » répondraient-ils tous, ou presque, à n'en pas douter.

Il existe même un nouveau jeu très en vogue chez les enfants, ces derniers temps. Il consiste, pour le perdant d'un match de pierre-feuille-ciseaux, à aller toucher la femme à la jupe violette – règle simple s'il en est, mais ô combien exaltante. La partie se joue au parc ; le vaincu s'approche de la femme à la jupe violette, assise sur son siège réservé, et lui tapote l'épaule. C'est tout. Après quoi l'enfant prend généralement la fuite avec un éclat de rire. Scène qui se répète inlassablement.

Au départ, il n'était pas question de toucher la femme à la jupe violette, mais simplement de lui adresser la parole. Quiconque perdait au pierre-feuille-ciseaux devait trotter jusqu'au siège réservé pour saluer poliment son illustre occupante. Cela suffisait à leur amusement. Les enfants allaient la voir, lui lançaient quelques mots, puis détalaient en riant.

Mais récemment la règle du jeu a été modifiée. La raison de ce changement ? La lassitude, aussi bien pour les interpellants que pour l'interpellée. « Vous allez bien ? » ou « Fait beau, hein ! » étaient les seules phrases qui sortaient de la bouche des enfants, lesquels manquent singulièrement d'imagination. Tout juste se hasardaient-ils parfois à un « *How are you ?* » mal prononcé. Même la femme à la jupe violette, qui, dans les premiers temps de ce manège, se contentait de rester immobile, les yeux baissés, s'était mise à bâiller et à inspecter ses ongles de façon de plus en plus ostentatoire. À la voir ainsi ôter nonchalamment les peluches de son pull, c'était comme si elle mettait les gamins au défi de renouveler leur répertoire.

C'est ainsi que, pour briser la monotonie, les enfants se réunirent en cercle afin de mettre au point une nouvelle règle, qui fut vite adoptée, et dont personne, pour l'instant, n'a dit s'être lassé. « Un ! Deux ! Trois ! » s'écrient-ils avec entrain en secouant le poing avant de révéler leur choix : pierre, feuille ou ciseaux. Le gagnant saute de joie tandis que le perdant se lamente. La femme à la jupe violette, elle, ne quitte pas son siège de toute la partie. Les mains sur les genoux, elle garde les yeux baissés ; peut-être ne s'est-elle pas encore habituée à cette toute nouvelle variante. Je me demande ce qu'elle ressent, chaque fois qu'ils viennent lui tapoter l'épaule.

Je disais plus tôt que la femme à la jupe violette ressemblait à ma sœur aînée mais, tout bien réfléchi, je me suis trompée. Elle ne ressemble pas non plus à cette ancienne patineuse devenue animatrice de télévision. Non, si la femme à la jupe violette ressemble à quelqu'un, c'est à une de mes anciennes camarades d'école primaire, Mei, une fillette aux longs cheveux tressés, attachés à l'aide d'élastiques rouges. Son père venait de Chine. Un jour, juste avant la cérémonie de remise des diplômes, toute la famille repartit à Shanghai, ville natale du père de Mei. La silhouette de la femme à la jupe violette immobile sur son banc me rappelle celle de Mei lorsqu'elle assistait aux cours de natation. Elle restait recroquevillée à l'extérieur du bassin et inspectait ses ongles, sans même nous regarder nager. La femme à la jupe violette pourrait-elle être Mei ? Nous avions perdu le contact lorsqu'elle avait regagné la Chine… Ne me dites pas qu'elle serait revenue au Japon ? Elle aurait fait tout ce chemin pour me revoir ?

Non, impossible. Nous étions amies, certes, mais pas si proches. Nous n'avons joué ensemble qu'une ou deux fois. Elle était gentille, cependant. Elle m'avait félicitée pour le dessin que j'avais fait d'un chien. « La queue est très réussie. » La remarque m'avait impressionnée, à l'époque, car si quelqu'un était doué pour le dessin, c'était bien Mei. Elle disait vouloir devenir peintre quand elle serait grande. Ce qu'elle a fait, d'ailleurs : Huang Chun Mei, artiste chinoise qui a grandi au Japon, revenue au pays du Soleil-Levant voilà trois ans, pour une exposition en solo, comme me l'a appris le journal. Ce n'était plus la fillette aux tresses que j'avais connue, mais la femme qui posait, tout sourire, devant ses toiles, était indubitablement la petite Mei. La preuve : elle avait toujours ces doubles paupières caractéristiques, ainsi que ce grain de beauté juste au-dessous du nez.

La femme à la jupe violette, elle, a les yeux bridés. Et sa peau, bien que constellée de taches de vieillesse, ne porte pas le moindre grain de beauté.

S'il faut se baser sur la forme de ses paupières, c'est à une de mes camarades de collège, Arishima, que ressemble la femme à la jupe violette. En matière de personnalité, on ne pourrait les imaginer plus différentes, mais pour ce qui est des paupières, elles sont jumelles. Arishima, elle, me terrifiait. Cheveux décolorés, vol à l'étalage, racket, violences : une vraie délinquante, qui ne se déplaçait jamais sans son couteau, passé à la ceinture comme un sabre. C'est probablement l'être le plus dangereux qu'il m'ait été donné de rencontrer jusqu'à présent. Parents, enseignants et même la police avaient baissé les bras face à son comportement. Une fois, elle m'avait donné un chewing-gum. Pourquoi ? Mystère et boule de gomme – parfumée à la prune. « T'en veux ? » m'avait-elle demandé en me tapant dans le dos. J'avais accepté. C'était la première fois que je la regardais en face. Ces sourcils froncés, ces paupières lisses… Il m'avait fallu un instant pour reconnaître Arishima.

J'aurais dû la remercier, mais je ne l'ai pas fait. Croyant le chewing-gum empoisonné, je l'avais jeté dans une poubelle en passant devant la boutique de saké sur le chemin de la maison.

Il n'était pas empoisonné, bien sûr. J'aurais mieux fait de le mâcher. Et d'offrir des bonbons à ma camarade le lendemain, par courtoisie. Mais il est trop tard pour le regretter. Après le collège, Arishima s'est mise à fréquenter les yakuzas ; elle-même aurait trempé dans le proxénétisme et le trafic de stupéfiants, tel un vrai gangster. Elle croupit sans doute en prison à l'heure qu'il est… peut-être même attend-elle son exécution. Autrement dit, la femme à la jupe violette ne peut pas être Arishima.

Oh mais, j'y songe, il y a une autre personne qui ressemble à la femme à la jupe violette – une commentatrice d'émissions grand public à la télévision. C'est une *mangaka* qui s'est spécialisée dans les bandes dessinées comiques mettant en scène un fantôme. Elle illustre aussi des livres pour enfants depuis peu. Elle-même dit toujours que les albums illustrés, c'est plus prestigieux que les mangas. Si je ne m'abuse, son mari est *mangaka*, lui aussi. Quel était son nom, déjà ?

Ah, mais non. Cela me revient, maintenant. Cette fois, j'en suis sûre : c'est à la caissière du supermarché dans le quartier où j'habitais précédemment que la femme à la jupe violette ressemble vraiment. Celle qui m'avait soudain demandé si tout allait bien, alors que je récupérais ma monnaie d'une main tremblante, un jour où j'étais particulièrement mal en point. Lorsque j'y étais retournée le lendemain, elle m'avait saluée avec familiarité. À cause de cela, je n'y ai plus jamais mis les pieds.

Lorsque j'ai dû me rendre récemment à la bibliothèque de mon ancien quartier, prise de nostalgie, j'ai jeté un coup d'œil par la vitrine du supermarché. La caissière se tenait toujours là, fidèle au poste. Un badge supplémentaire était venu s'épingler à son uniforme, signe d'une promotion, et elle paraissait en pleine forme.

En bref, ce que j'essaie de vous dire, c'est qu'il y a longtemps que j'aspire à devenir amie avec la femme à la jupe violette.

Soit dit en passant, il y a un petit moment, déjà, que j'ai mené mon enquête pour savoir à quoi ressemblait le domicile de la femme à la jupe violette. C'est un immeuble délabré, situé non loin du parc. Proche de la galerie marchande, aussi, bien entendu. Le toit est en partie couvert d'une bâche en plastique, la rampe de l'escalier extérieur rongée et brunie par la rouille. La femme à la jupe violette ne pose jamais la main dessus lorsqu'elle monte à l'étage. Elle occupe l'appartement du fond : le numéro 201.

C'est depuis ce studio que la femme à la jupe violette se rend au travail. Les personnes qu'elle croise dans le quartier commerçant la croient sans doute au chômage. À vrai dire, c'est aussi ce que je pensais. Elle, employée ? Certainement pas ! Mais je me trompais. La femme à la jupe violette a bien un travail. Autrement, elle ne pourrait s'acheter ses brioches, ni payer son loyer.

Elle n'est pas embauchée à l'année, cependant. Parfois, la femme à la jupe violette travaille, parfois non, en fonction des périodes. Elle change régulièrement d'entreprise, aussi. Elle a travaillé dans diverses usines, fabriquant des vis, des brosses à dents, des récipients à collyre… Autant de postes dont les contrats vont d'une journée à quelques semaines. Il lui arrive de rester longtemps sans occupation, puis de travailler plusieurs mois d'affilée. Pour vous donner une idée, j'ai consigné dans un carnet son calendrier professionnel pour l'année écoulée. Octobre : rien. Novembre : employée la première quinzaine, seulement. Décembre : idem. Janvier : a travaillé à partir du 10. Février : travaillé. Mars : travaillé. Avril : rien. Mai : travaillé, à l'exception de la *Golden Week*, semaine de congés généralisés au Japon. Juin : travaillé. Juillet : travaillé. Août : deuxième quinzaine seulement. Septembre : sans emploi. Octobre : un peu des deux. Nous voilà maintenant au mois de novembre, qui semble être pour elle une nouvelle période de chomage.

Lorsque la femme à la jupe violette travaille, c'est à plein temps, du matin jusqu'au soir. Elle rentre alors directement à son domicile, sans s'arrêter en chemin, la fatigue inscrite sur le visage. Quant à ses rares jours de repos, elle les passe cloîtrée chez elle.

Dernièrement, je l'aperçois souvent au parc ou dans la galerie marchande, quelle que soit l'heure. Même si je ne passe pas mon temps à la surveiller, d'après ce que je vois, elle a l'air plutôt en forme. Et lorsqu'elle paraît en forme, c'est qu'elle est au chômage.

J'aimerais devenir amie avec la femme à la jupe violette. Mais comment ?

Alors que je me laisse aller à ces pensées, le temps file, inexorable.

Il semblerait étrange de l'interpeller à l'improviste. Je suis sûre que personne n'est jamais allé l'aborder pour lui demander de devenir amie avec elle. Moi non plus, d'ailleurs. Sans doute en va-t-il de même pour la majorité des gens. Ce serait une façon bien peu naturelle de faire connaissance. Après tout, mon but n'est pas de lui faire du charme.

Comment m'y prendre, alors ? Je pense que la première chose à faire serait de me présenter comme il se doit. De préférence sans que cela paraisse forcé… Chose possible si nous étudiions ou travaillions au même endroit, par exemple.

Me voilà dans le parc. Assise sur l'un des trois bancs du côté sud – le plus proche de l'entrée. Le journal de la veille déplié devant mon visage. Je viens de le ramasser dans une poubelle.

Le banc voisin de celui que j'occupe n'est autre que le siège réservé de la femme à la jupe violette. Dessus est posé l'un de ces magazines d'offres d'emploi mis à disposition gratuitement dans les supérettes. Il y a dix minutes à peine, la femme à la jupe violette s'est acheté sa brioche à la crème. Si je me fie à sa routine, elle ne manque jamais de passer par le parc, les jours où elle se rend à la boulangerie. Alors que je finis de parcourir le courrier des lecteurs (dans lequel un trentenaire hésite à demander le divorce après deux ans d'un mariage dépourvu de tout rapport sexuel), j'entends des pas rapides – les siens – se rapprocher.

Elle a fait plus vite que prévu, me dis-je en jetant un coup d'œil discret par-dessus mon journal. J'aperçois un homme en costume. Ce n'était donc pas la femme à la jupe violette. En tendant l'oreille, je m'aperçois que le bruit de ses pas n'est pas du tout le même. L'inconnu passe devant moi en boitant (serait-il fatigué ?) et s'installe sur le banc du fond.

Ce doit être un employé de bureau en déplacement professionnel. Il porte une mallette noire. J'imagine qu'après avoir visité sans succès chacune des boutiques de la galerie marchande, il espère se reposer ici. Le parc compte cinq bancs (trois au sud, deux au nord) ; il suffit de voir lequel chaque passant choisit pour reconnaître ceux dont c'est la première visite. Hélas, tout fatigué qu'il est, notre intrus ne peut pas rester là.

Je m'apprête à lui expliquer la situation lorsqu'il lève vers moi un regard sévère. Quand bien même, les règles sont les règles, et il convient de respecter l'attribution des places. Je n'ai pas d'autre choix que de déloger l'importun.

Après de longues minutes passées à lui répéter inlassablement mes arguments, l'homme finit par comprendre et se lève de son siège, non sans un juron. Au même instant, une nouvelle silhouette pénètre dans le parc. Cette fois, c'est elle. Je me précipite vers mon banc et me dissimule derrière mon journal.

La femme à la jupe violette n'a que son sac de viennoiserie à la main droite. Après avoir pris place sur son siège réservé (et fraîchement libéré), elle sort de l'emballage son précieux butin : l'habituelle brioche à la crème. C'est un sujet récurrent dans les reportages de la télévision locale. « Qu'avez-vous acheté ? » demande le journaliste en interpellant les passants munis de sacs à l'effigie de la boulangerie avant de leur agiter son micro sous le nez. Le pain au levain nature et la brioche fourrée semblent remporter tous les suffrages. « Une brioche fourrée », répondrais-je également si on m'interrogeait. Traits particuliers ? Sa crème pâtissière juste un peu ferme, sa pâte fine. Son dessus constellé d'amandes effilées bien grillées, qui croustille joyeusement lorsqu'on mord dedans.

Crac, crac, crac. Des éclats d'amande tombent sur les genoux de la femme à la jupe violette. Elle a beau utiliser sa main gauche comme une soucoupe, les miettes glissent entre ses doigts. La gourmande ne s'aperçoit de rien. Lorsqu'elle mange sa brioche, elle fixe systématiquement un point à l'horizon – signe qu'elle se concentre. Tant qu'elle n'a pas fini de se régaler, elle ne voit rien, n'entend rien. *Miam, miam, crac, crac.* Que c'est bon, quel délice !

Son festin terminé, alors qu'elle roule en boule le sac à viennoiseries, la femme à la jupe violette remarque enfin le magazine déposé sur le banc. Elle s'en empare, commence à le feuilleter. Une fois qu'elle l'a parcouru, elle revient au début, tournant les pages plus lentement, cette fois. Ce numéro contient un dossier spécial intitulé « Les meilleurs lieux de travail où développer l'esprit d'équipe ». Il occupe la première moitié du magazine, mais on peut le sauter. Tout comme on peut passer les pages suivantes, consacrées aux industries de l'agro-alimentaire et du textile. Bleu, rouge, jaune, vert : le bord des pages est coloré suivant un code indiquant le type de profession recherchée. La dernière section, réservée aux métiers dits de la nuit, est en rose. Pour une raison qui m'échappe, elle s'y attarde. Mais non, voyons, pas là, regardez plutôt la section juste avant. Les pages en vert. Le petit encadré à droite, intitulé « tri du courrier ». Je l'ai entouré au marqueur fluo pour le mettre en évidence.

L'a-t-elle trouvé ? La femme à la jupe violette referme le magazine, le roule et se dirige vers la poubelle. Elle ne va pas le jeter, quand même ? Non, elle se débarrasse du sac à viennoiserie qu'elle tenait dans l'autre main puis quitte le parc.

Peu après son départ arrivent les enfants, qui viennent de terminer leur journée de classe.

« Tiens ? Elle n'est pas là », disent-ils en balayant les environs du regard. Ils restent plantés sur place un moment, hébétés. La femme au cardigan jaune ne leur étant visiblement d'aucune utilité, ils commencent par une partie de pierre-feuille-ciseaux, sans leur entrain habituel, puis jouent le reste de l'après-midi à cache-cache, version perchée.

Le lendemain, la femme à la jupe violette passe un entretien d'embauche à l'usine de savon.

Elle n'a donc pas saisi le message.

À en juger par ses habitudes, si elle obtient le poste, elle devrait commencer à faire la navette entre la fabrique et son appartement. Si elle échoue, elle continuera d'errer dans le quartier, comme de coutume.

Une semaine s'écoule, puis deux, mais la femme à la jupe violette traîne toujours dans les parages, désœuvrée. C'est l'échec.

Quelques jours plus tard, elle passe un nouvel entretien – cette fois dans une fabrique de *nikuman*, ces brioches chinoises fourrées à la viande hachée et cuites à la vapeur. Décidément, elle ne comprend rien à rien. Quand on postule dans l'industrie alimentaire, le recruteur doit vous inspecter les ongles et les cheveux. Jamais une femme à la tignasse desséchée et hirsute et aux ongles crasseux ne pourra y décrocher un travail, me dis-je. La suite me donne raison.

Le même jour, elle passe un autre entretien, dans une entreprise différente. Pour un poste de gestion des stocks – un travail nocturne. Pourquoi ? La question me taraude. Ne sait-elle pas que les équipes de nuit sont majoritairement composées d'hommes ? Simple spéculation de ma part, mais je soupçonne la femme à la jupe violette de haïr les hommes. Je ne veux pas dire pour autant qu'elle aime les femmes. Mais je pense que travailler dans un environnement masculin serait éprouvant pour elle. Quoi qu'il n'y ait pas lieu de s'inquiéter : là non plus, on ne l'a pas embauchée.

Le temps passe tant et si bien que la femme à la jupe violette finit par établir un nouveau record d'inactivité : deux mois complets, même si cela ne vaut que depuis que j'ai commencé à enregistrer ses faits et gestes, bien entendu. Elle doit avoir bientôt épuisé ses économies. A-t-elle pu régler son loyer et ses factures, au moins ? Son propriétaire l'a-t-il bombardée de relances, menacée de poursuites, sommée de trouver un garant dont il n'a jamais été fait mention dans le bail, ou abreuvée de je ne sais quelles autres exigences déraisonnables ? Une fois qu'on est poussé dans de tels retranchements, il est déjà trop tard. Il ne reste plus qu'à riposter, bec et ongles. Comme moi, qui ai récemment dû abandonner l'idée de payer mon logement.

Tout cela parce que j'ai percuté la vitrine d'une boucherie.

Car dans mes efforts pour dédommager la boutique, j'ai été contrainte de suspendre le versement des mensualités à mon bailleur. Certes, les ventes à la kermesse m'ont permis de mettre un peu d'argent de côté, mais ce n'était pas suffisant. Ma situation financière était telle que je ne pouvais pas payer simultanément mon loyer et les frais de réparation.

Mais n'allez pas croire que j'aie renoncé à trouver le moyen d'échapper aux griffes de mes débiteurs, bien au contraire. J'envisage de déposer tous mes objets de valeur dans un casier à la consigne automatique de la gare, au cas où mon propriétaire ou ses avocats viendraient forcer la porte de mon appartement. J'ai déjà repéré des hôtels-capsules et autres manga cafés où me réfugier en cas d'urgence, ainsi qu'une dizaine de pensions bon marché, ici même et dans la préfecture voisine, où me terrer le temps de faire oublier. Si le besoin se présente, je serais tout à fait disposée à partager ces informations avec la femme à la jupe violette, mais pour l'heure, cela ne semble pas nécessaire.

Pas de trace de courriers menaçants collés à la porte de son appartement, pour l'instant. Je n'ai pas remarqué d'allées et venues de la part d'individus susceptibles d'être son propriétaire, non plus. Le soir, il y a bien de la lumière chez elle, et le compteur de gaz continue de tourner. À l'évidence, la femme à la jupe violette ne rencontre pas de difficultés pour régler son loyer ni ses factures.

Sa ligne téléphonique semble avoir été coupée, pourtant. Un jour, elle s'est mise à utiliser la cabine téléphonique qui fait face à la supérette afin de prendre rendez-vous pour ses entretiens d'embauche.

Quand la femme à la jupe violette se rend à la supérette, c'est uniquement pour se servir du téléphone ; jamais elle n'entre dans le magasin même. C'est à moi qu'il incombe de parcourir le rayon des magazines pour prendre celui qui répertorie les offres d'emploi, y repérer les nouvelles annonces, et le déposer sur son siège réservé.

Le magazine paraît une fois par semaine, hors numéros doubles. La sortie d'un nouveau numéro ne signifie pas nécessairement qu'il y a de nouveaux postes à pourvoir : si une entreprise manque de personnel à l'année, elle se contentera de reconduire son annonce. Même si je ne l'ai pas accompagnée dans toutes ses démarches, la femme à la jupe violette a continué de passer des entretiens dans différentes entreprises, mais sa candidature n'a été retenue nulle part. Rien d'étonnant à cela, si l'on considère les emplois pour lesquels elle postule – opératrice téléphonique, hôtesse d'accueil dans un centre commercial… Autant de choix hasardeux. Faut-il qu'elle ait perdu la tête pour tenter de se faire embaucher comme serveuse dans un café ! Quel établissement digne de ce nom accepterait d'engager une femme qui a l'habitude de boire à la fontaine du parc ? Clairement, les rejets successifs ont fini par altérer son jugement. Inutile de préciser que le café a rejeté sa candidature dès son coup de téléphone.

Trois mois se sont ainsi écoulés avant que la femme à la jupe violette n'obtienne enfin un entretien dans un lieu susceptible d'accepter sa candidature. Période durant laquelle j'ai dû me rendre une dizaine de fois à la supérette, afin de m'y procurer les derniers numéros du magazine.

Peut-être faut-il voir dans ce délai le signe que je m'y suis mal prise. Sa recherche aurait-elle abouti plus vite si je ne m'étais pas contentée d'entourer les annonces au marqueur – si j'avais corné les pages, par exemple, ou collé des étiquettes ? Mais quelles qu'aient pu être mes erreurs stratégiques, la femme à la jupe violette a enfin pris la bonne décision. Pas plus tard qu'hier soir, je l'ai vue se diriger vers la cabine téléphonique devant la supérette, serrant dans sa main une petite annonce découpée dans la revue.

Les doigts crispés sur le récepteur, une expression nerveuse sur le visage, elle a acquiescé plusieurs fois en écoutant parler son interlocuteur. *Oui… non… si… C'est la première fois.*

Utilisant le dos de sa main comme pense-bête, elle a noté quelque chose au marqueur. Des chiffres, apparemment, un 8, ou un 3. L'heure du rendez-vous, peut-être ? Le 8, à 15 heures ?

Même après avoir raccroché, la femme à la jupe violette ne s'est pas détendue tout de suite. Ce qui n'a rien d'étonnant, quand on sait que tous ses entretiens précédents se sont soldés par des échecs. Mais, sans trop m'avancer, je pense que tout ira bien, cette fois. Elle sera embauchée, je vous le garantis. L'établissement en question manque constamment de personnel, si bien que toute candidature est acceptée d'office.

Cela dit, mieux vaut se laver les cheveux, au moins, avant l'entretien. Elle ferait bien de se couper les ongles, aussi, et de mettre du rouge à lèvres, si elle en a. Ce genre de détails peut faire toute la différence, ce sont les premières impressions qui comptent. Telle que je la vois, la femme à la jupe violette est toujours ébouriffée – c'est à se demander si elle ne se lave pas les cheveux avec du vulgaire savon… Il me reste une belle réserve d'échantillons, collectés à l'époque où je travaillais à temps partiel dans une fabrique de shampooing, que je serais ravie de la voir utiliser.

Nous sommes en début d'après-midi. Après avoir rempli d'échantillons un sac en plastique transparent, je me tiens debout au milieu de la galerie marchande. À l'endroit même où l'équipe de télévision vient généralement mener ses interviews. L'artère, qui s'étend d'est en ouest, est traversée par une rue menant à un grand supermarché d'un côté et à une salle de *pachinko* de l'autre, ce qui en fait l'endroit le plus fréquenté de la ville. Parfois, des gens y distribuent des tracts, mais plus rarement des échantillons. Les passants venus faire leurs courses acceptent volontiers mes petits sachets de shampooing. Certains passent une première fois devant moi avant de retenter leur chance. Toute satisfaite que je sois de voir mes efforts récompensés, à ce rythme, je risque de ne plus avoir assez de stock pour la femme à la jupe violette. Je me résous donc à éconduire toute personne en étant manifestement à son deuxième, voire troisième passage.

Alors qu'il ne me reste plus que cinq échantillons, la femme à la jupe violette fait son apparition dans la galerie marchande.

Remarquant mon manège, elle jette un regard curieux au contenu de mon sac. Au lieu de s'approcher, pourtant, elle fait mine de passer son chemin.

Alors que je me retourne pour lui tendre un échantillon, on m'attrape soudain par le bras gauche.

« D'où tu viens, toi ? Tu as l'autorisation du syndicat ? »

C'est le patron de Tatsumi, la boutique de saké.

Il s'agit de l'un des plus anciens commerces implantés dans cette galerie. Le propriétaire est également président de l'association professionnelle des commerçants du quartier. D'ordinaire plutôt aimable, il entreprend de me questionner, la mine sévère.

« Alors, qu'est-ce tu distribues, hein ? Fais voir un peu ! »

Je me dégage d'une secousse.

« Oh, dis donc ! Attends une minute ! »

Moi qui n'ai vraiment rien d'une athlète, je prends mes jambes à mon cou, rattrapant au passage la femme à la jupe violette, que j'aperçois de dos. Même après avoir traversé la galerie marchande et débouché sur l'avenue principale, je continue de courir en me retournant régulièrement, persuadée que le patron de Tatsumi est toujours à mes trousses. J'ai beau vérifier, pourtant, il n'est nulle part en vue.

Ce n'est qu'à la nuit tombée, finalement, que je me hasarde à aller accrocher mon sac d'échantillons à la poignée de la porte du numéro 201, où habite la femme à la jupe violette. Sans doute aurais-je dû le faire depuis le début. L'oreille tendue contre le battant, il me semble entendre les bruits de frottement typiques d'un brossage de dents. Voilà qui est bon signe. Pourvu qu'elle continue sur sa lancée et daigne se laver les cheveux...

Courage, femme à la jupe violette. Je croise les doigts pour l'entretien.

Ce n'est que quatre jours plus tard que j'apprends le résultat de l'entretien d'embauche qu'a passé la femme à la jupe violette. Est-ce mon souhait qui a été exaucé, le parfum floral du shampooing qui a fait son œuvre ou plus simplement l'entreprise qui ne pouvait se permettre de rejeter une nouvelle recrue ? Toujours est-il qu'elle a obtenu le poste. La route a été longue pour en arriver là, mais la voilà enfin dans les starting-blocks.

Première journée de travail. La femme à la jupe violette quitte son domicile avec un peu d'avance, vers 7 h 30 du matin. Je l'attends à l'arrêt de bus. Nous embarquons à la station proche de l'entrée de la galerie marchande et descendons non loin de son lieu de travail. Le trajet dure une quarantaine de minutes. Il est 8 h 30 lorsque la femme à la jupe violette frappe à la porte de sa destination.

À peine est-elle entrée dans le bureau qu'elle reçoit un uniforme, ainsi qu'une clef, et on lui donne l'ordre d'aller se changer. Elle pénètre dans le vestiaire, situé juste à côté.

Son uniforme consiste en une robe noire. De fabrication robuste, aérée et résistante à la saleté (ou plutôt convient-il de dire que sa couleur la rend peu salissante). En polyester, elle sèche rapidement après le lavage – avantage non négligeable. Seul inconvénient : sa matière est sujette à l'électricité statique.

Elle associe le vêtement à une paire de chaussures noires, achetées la veille dans la galerie marchande. Tout juste a-t-elle le temps de glisser les orteils dans ses bas, trouvés dans une boutique à cent yens par la même occasion, qu'ils se déchirent avec un bruit sec. Elle les retire et enfile ses chaussures pied nu. Pour finir, elle passe un tablier blanc. À ceci près qu'elle ne le met pas correctement : les bretelles sont à croiser dans le dos avant de les attacher, ce qu'elle n'a pas fait.

Ainsi changée, la femme à la jupe violette frappe de nouveau à la porte de l'office dans lequel se trouvent le directeur et quelques membres du personnel.

Assis à son bureau, le directeur fixe l'écran de son ordinateur. Lorsque la nouvelle venue entre, il jette un coup d'œil rapide au visage de la femme à la jupe violette, puis à ses jambes.

Qu'il ait remarqué ou non l'absence de bas, il n'en dit pas un mot. Il se contente de lui signaler qu'elle n'a pas mis son tablier correctement.

« Tsukada, venez voir. » Il fait signe à la cheffe d'équipe, debout devant un tableau blanc. « Montrez-lui, voulez-vous ?

— Tout de suite. »

La cheffe Tsukada pose le badge qu'elle tenait à la main et s'approche de la femme à la jupe violette.

« Premier jour ? » demande-t-elle en mettant les mains sur ses épaules.

C'est la première fois que je vois quelqu'un d'autre qu'un enfant toucher la femme à la jupe violette.

L'intéressée bredouille un *oui* d'une toute petite voix.

La cheffe Tsukada la fait pivoter, dénoue les cordons, défait les boutons de chaque côté de la taille, croise les bretelles d'un geste un peu brusque et rattache fermement le tout.

« Ce que vous êtes maigre ! Vous avez pris votre petit déjeuner ? »

Nouveau *oui* de la même petite voix.

Vraiment ? Je me demande ce qu'elle a mangé.

« Qu'avez-vous mangé ? » lui demande justement la cheffe Tsukada.

Des corn-flakes, murmure la femme à la jupe violette.

« Des corn-flakes ! Ce n'est pas ça qui va vous donner de

l'énergie. C'est du riz qu'il faut manger le matin, du riz ! Compris ? »

La cheffe Tsukada tapote l'épaule de sa nouvelle subordonnée, qui articule encore un *oui* du bout des lèvres tout en pouffant de rire.

L'espace d'un instant, je n'en crois pas mes oreilles. C'est pourtant bien elle que j'ai entendue glousser. Contre toute attente, la femme à la jupe violette s'est déridée.

9 heures. La réunion matinale a commencé. Nous sommes le premier lundi du mois, si bien que le gérant de l'hôtel assiste à la séance. Après les salutations d'usage, il nous enjoint en quelques mots de « continuer de veiller à la bonne gestion des fournitures entreprise le mois dernier », avant de s'éclipser.

« Ne pas se mêler du travail des contractuels », telle est la politique de notre gérant. Voilà pourquoi il n'assiste qu'une fois par mois aux réunions et ne connaît toujours pas les noms de ses employés. Ce n'est que récemment qu'il a commencé à se plaindre de la gestion des fournitures ; jusque-là, il ne prenait même pas la peine de contrôler le registre. Il n'est guère apprécié du personnel, qui ne voit en lui qu'une autorité irresponsable, sans-gêne et arrogante.

Après son départ, c'est au tour du directeur de s'avancer pour nous annoncer le taux d'occupation du jour et nous lire le slogan du mois. L'office étant trop exigu pour accueillir tout le personnel, la réunion se tient dans un couloir de l'hôtel.

Hélas, de là où je suis, je n'arrive pas à voir la femme à la jupe violette. Rien à voir avec l'affluence ; c'est tout simplement parce que la silhouette replète du directeur fait obstacle et la dissimule complètement à mes yeux.

Le directeur fait ensuite la liste des erreurs commises la veille.

« Chambre 215, le miroir n'a pas été nettoyé. Chambre 308, on a oublié de mettre de l'eau chaude dans la théière. Chambre 502, on a omis de plier l'extrémité du rouleau de papier toilette en triangle. Je vous le répéterai tant qu'il le faudra : avant de quitter une pièce, vous devez vérifier chaque élément visuellement, en le pointant du doigt. C'est le meilleur moyen d'éviter ce type d'erreurs. »

Tous l'écoutent le plus sérieusement du monde. À moins qu'ils ne fassent semblant.

« Pour finir, j'aimerais vous présenter notre nouvelle recrue. Elle va travailler avec nous à partir d'aujourd'hui. »

À ces mots, il se retourne.

« Je vous en prie. »

J'entraperçois enfin le visage de la femme à la jupe violette. Sans que je m'en rende compte, elle s'est attaché les cheveux – peut-être quelqu'un le lui aura-t-il conseillé. La coiffure, qui met en valeur son visage ovoïde, lui donne une allure étonnamment soignée.

« Présentez-vous », l'encourage le directeur en lui faisant signe d'avancer.

La femme à la jupe violette obéit, avant de se figer sur place.

« Allons… présentez-vous, insiste le directeur, visiblement ennuyé. Dites-nous votre nom, cela suffira. Vous avez bien un nom, n'est-ce pas ? »

La remarque provoque les rires du personnel.

… *Je m'appelle Hino…*, articule-t-elle enfin, quoique avec peine.

« Et votre prénom ? »

… *Mayuko…*

« Qu'est-ce qu'elle a dit ?

— Aucune idée. »

L'équipe ne se gêne pas pour commenter à voix haute.

« Tu as compris quelque chose, toi ?

— Rien du tout. Et toi ?

— Moi non plus, pas une syllabe.

— Pardon, mais on ne vous a pas entendue, répétez s'il vous plaît ! »

En réalité, on l'entend très bien. Mon nom est Hino, mon prénom Mayuko, a-t-elle clairement articulé. Je suis également connue sous une autre identité : celle de la femme à la jupe violette. Ses paroles résonnent sans peine à l'oreille de la femme au cardigan jaune.

« Encore une fois, s'il vous plaît !

— Mon nom est Mayuko Hino ! crie le directeur à sa place. Ravie de rejoindre votre équipe ! »

Le travail de directeur du personnel m'a toujours semblé presque insurmontable. Il faut gérer les effectifs, servir d'intermédiaire avec la direction de l'hôtel, rédiger les rapports quotidiens ; en cas de défection d'un employé, il faut aller soi-même sur le terrain, composer les équipes, faire face aux protestations qui ne manquent pas d'être émises à la publication de l'emploi du temps, on se retrouve systématiquement pris entre le marteau (la direction) et l'enclume (l'hôtel)… Pour ne rien arranger, la rumeur dit que l'épouse de notre directeur passe son temps à lui chercher des noises, dès l'instant où il franchit le seuil de leur domicile.

Sans doute sont-ce les effets du stress qui le font grossir de jour en jour. Ces derniers temps, la direction ne cesse de lui répéter : « Nous ne pouvons plus accepter le moindre départ à la retraite. »

À peine la femme à la jupe violette avait-elle fini de se présenter lors de la réunion matinale que le directeur lui a demandé de venir dans son bureau à la pause-déjeuner, afin de lui apprendre comment articuler et projeter correctement sa voix. Elle a acquiescé d'un hochement de tête, visiblement anxieuse. Il n'y a pourtant rien d'inhabituel, ici, à ce que l'on exige d'une nouvelle recrue qu'elle fasse ce type d'exercices lors de son premier jour de travail. La séance se tient toujours au même endroit : en extérieur, dans la zone de collecte de déchets.

Les éboueurs ne sont pas encore passés, et, hormis le directeur du personnel et la femme à la jupe violette, il n'y a pas un chat.

« Essayez de projeter votre voix le plus loin possible », ordonne-t-il en lui indiquant de se tenir à côté de la benne à produits recyclables, tandis que lui-même se positionne à proximité du conteneur destiné à recueillir le tout-venant. Face à face, ils commencent par s'échauffer la voix.

Au début, on n'entend pas du tout la femme à la jupe violette.

« A, é, i, ou, é, o, a, o… Bonjour madame ! »

Seule résonne la voix du directeur.

« Ta, té, tchi, tsu, té, to, ta, to… Merci beaucoup ! »

Notre directeur est connu pour avoir fait partie d'un club de théâtre lorsqu'il était étudiant. On dit même qu'il a un temps couvé le projet de devenir comédien. Je le soupçonne d'avoir été motivé par des ambitions adjacentes, telles que celle de pouvoir fréquenter une actrice, car il n'a pas tenu deux ans avant d'abandonner cette carrière. Malgré tout, il a gardé de cette expérience une projection vocale hors du commun. Lorsqu'il parle, sa voix semble partir du ventre.

« Na, né, ni, nu, né, no, na, no... Beau travail ! »

Faut-il y voir l'influence du directeur ? Face à lui, la voix de femme à la jupe violette commence à gagner en coffre.

« Merci beaucoup !

— Merci beaucoup !

— Bon voyage !

— Bon voyage !

— Très bien. Essayez plus haut : Bon voyage !

— Bon voyage !

— Beau travail !

— Beau travail !

— Bien ! »

Le directeur entreprend de former sa nouvelle recrue aux deux grands types de salutations utilisées dans l'établissement : celles adressées à la clientèle qu'elle croisera dans les chambres et les couloirs, et celles réservées à ses collègues. Autant de formules que tout adulte bien éduqué se doit de connaître. Pourtant, la grande majorité ne les maîtrise pas comme il se doit, ce qui est d'ailleurs l'une des raisons pour lesquelles notre hôtel manque de personnel à l'année. Les employés expérimentés ne se privent pas d'intimider les petits nouveaux, les poussant à la démission. Si je devais me prononcer sur la responsabilité de chacun, je dirais que la faute incombe aux persécuteurs, même si je trouve inconcevable de ne pas savoir saluer les gens correctement, passé un certain âge. Cela dit, je suis bien mal placée pour les critiquer.

« Très bien. Cette fois, essayez de parler un peu plus fort. Merci beaucoup !

— Merci beaucoup !

— Encore une fois. Merci beaucoup !

— Merci beaucoup !

— Essayez de vous faire entendre des gens dans la zone fumeur, là-bas ! Merci beaucoup !

— Merci beaucoup !

— Ohé ! Vous, là-bas… Ah, je n'arrive pas à voir votre visage, mais… oui, vous, qui portez notre uniforme ! Levez la main si vous nous entendez ! Merci beaucoup !

— Merci beaucoup ! »

Je leur adresse un signe de la main.

« On dirait qu'elle nous a entendus. Bravo, c'est dans la poche ! »

Grâce à cette formation spéciale octroyée par le directeur, dès l'après-midi, le personnel change d'attitude vis-à-vis de la femme à la jupe violette. Est-ce parce qu'elle a fait si mauvaise impression lors des présentations ce matin ? Un simple signe de tête, accompagné d'un « Beau travail ! », suffit à provoquer la surprise des collègues rassemblés dans l'ascenseur.

« Ben alors, elle sait donc parler normalement ?

— Elle est plus solide qu'elle n'en a l'air… »

Pour l'heure, me voilà soulagée, moi aussi. Je n'aurai plus à craindre de voir la femme à la jupe violette victime de brimades parce qu'elle s'avère incapable de saluer comme il se doit. Il n'y a pas que les anciens : certaines cheffes de service telles que Tsukada et Hamamoto ont pour principe de ne pas montrer les rouages du métier aux nouvelles recrues incapables de salutations convenables. Combien en ai-je vu démissionner sans même qu'on leur ait appris à nommer un seul outil.

Mais la femme à la jupe violette, qui maîtrise à présent les salutations, se voit vite enseigner les bases.

Après lui avoir expliqué comment utiliser le matériel d'entretien de la cour, Tsukada lui remet une fiche, avec pour ordre d'y inscrire le nom de chaque ustensile, mais la femme à la jupe violette n'a pas de stylo.

« Vous avez oublié ? s'impatiente Tsukada. Il faut toujours en avoir un, c'est la moindre des choses.

— Excusez-moi, répond la femme à la jupe violette d'un air penaud.

— Et un carnet ? Vous en avez un ? »

Elle secoue la tête. La cheffe sort un calepin neuf de son sac.

« Tenez.

— Je ne voudrais pas vous ennuyer…

— Peu importe, j'en ai encore plein. Ils étaient à deux cent quatre-vingt-dix yens les cinq.

— Merci beaucoup ! »

Là encore, le cours du directeur a porté ses fruits.

« Dans ce travail, on en revient toujours au même principe, dans le fond, déclare Tsukada en lui tendant un stylo à bille. Faites ce qu'on vous dit, et votre corps apprendra de lui-même. Cela n'a rien de compliqué.

— Entendu. »

La femme à la jupe violette ouvre le calepin pour noter : *On en revient toujours au même principe, dans le fond.*

« Inutile de noter ça, voyons », remarque Tsukada en regardant le carnet.

Et de lui tapoter l'épaule avec un éclat de rire.

La femme à la jupe violette se trouve assignée à « l'étage de formation », comme on l'appelle. Outre Tsukada, chargée exclusivement de la formation, trois cheffes assistantes se relaient pour encadrer la dizaine d'employés qui y travaillent, tous recrutés il y a moins d'un an. Chacune de ses tâches y sera strictement contrôlée jusqu'à ce que Tsukada daigne valider sa formation.

Le directeur vient voir comment se débrouille la nouvelle. La femme à la jupe violette est justement absente, partie accompagner une autre cheffe afin de se réapprovisionner en détergent.

« Ça a l'air d'aller pour elle, lui assure Tsukada.

— Est-ce qu'elle parle ? s'enquiert le directeur.

— Oui, elle répond comme il faut.

— Tant mieux. (Il hoche la tête, satisfait.) Ses exercices de diction n'auront pas été vains.

— Au début, je m'inquiétais un peu de la voir si réservée, mais elle fait tout bien comme on lui a appris. C'est une fille sérieuse. Et en dépit de son allure lambine, elle bouge étonnamment vite.

— Ça alors.

— Lorsque je lui ai demandé si elle faisait du sport, elle m'a répondu avoir pratiqué l'athlétisme pendant six ans au collège et au lycée.

— Vraiment ?

— Sa spécialité, c'était le sprint. Comme quoi, l'habit ne fait pas le moine. Enfin, on ne va pas se plaindre ! Depuis le temps qu'on n'avait pas eu une employée compétente... »

Ainsi donc, la femme à la jupe violette s'avérait être de

constitution athlétique. Mais de là à croire qu'elle avait fait de l'athlétisme ? Et pendant six ans ?

Sans parler de ces remarques sur son « sérieux » et ses « compétences ». Voilà qui me surprend quelque peu. Cela veut-il dire que, si elle a échoué à tous ces entretiens jusque-là, c'était uniquement à cause de son apparence ? Même si je n'irais pas jusqu'à la qualifier de proprette, force est de constater qu'il lui a suffi d'enfiler l'uniforme réglementaire et de s'attacher les cheveux pour avoir l'air « compétente », pour reprendre la formule de Tsukada. D'ailleurs, depuis ce matin, j'ai remarqué qu'un parfum floral et frais flottait à chacun de ses passages – celui du shampooing dont j'avais accroché un sac d'échantillons à la poignée de sa porte. J'ai entendu dire que certaines odeurs pouvaient avoir une influence positive sur les émotions… Peut-être en avons-nous là l'illustration.

Cette première journée de travail terminée, Tsukada remet un fruit à la femme à la jupe violette. Une grosse pomme rouge.

« C'est une variété appelée Hokuto. Elles sont très chères, explique-t-elle avant de porter l'index à ses lèvres.

— Vous êtes sûre que je peux ? hésite la femme à la jupe violette en serrant le fruit dans ses mains.

— Mais oui.

— C'est-à-dire que…

— Ça va, tout le monde se sert. Même moi, voyez ! »

Tsukada désigne sa poitrine, étrangement rebondie. À mieux y regarder, les deux masses sont de forme différente. À droite, elle cache une pomme ; à gauche, une orange, plus petite. Puis elle plonge la main dans la poche de son tablier pour laisser entrevoir une banane.

La femme à la jupe violette a un petit rire charmant.

« Ils finiraient à la poubelle, de toute façon. Quel gâchis ! Demandez donc à Hamamoto et à Tachibana. »

Les deux cheffes, venues les aider, acquiescent en chœur.

« Tsukada a raison.

— En tant que ménagère, je ne supporte pas l'idée qu'on puisse jeter des aliments encore comestibles. »

À leur tour, Hamamoto et Tachibana sortent leur butin de leur sac pour le montrer à la femme à la jupe violette : une pomme et une orange pour la première, une orange et une banane pour la seconde, restes des corbeilles de fruits mises à la disposition des clients de l'hôtel.

« Si on vous pose des questions, vous n'aurez qu'à dire que c'est nous qui avons tout débarrassé.

— Mais oui !

— Mais n'en parlez pas au directeur, hein ? »

Tsukada lui adresse un nouveau signe conspirateur.

« Inutile de vous inquiéter, vous savez. Regardez celle-là ! (Hamamoto désigne Tachibana.) Tout le monde sait qu'elle récupère le champagne laissé par les clients, et personne ne lui a jamais rien dit.

— C'est vrai ? s'étonne la femme à la jupe violette.

— Bien sûr que non. Elle raconte des histoires ! s'esclaffe Tachibana en agitant les mains devant son visage.

— Si, c'est vrai ! La thermos bleue qu'elle trimballe partout est remplie de champagne. Surveillez-la bien, la prochaine fois. À chaque gorgée, elle pousse un petit soupir d'aise.

— N'importe quoi. »

Cette fois, ce n'est plus un petit gloussement mignon que laisse échapper la femme à la jupe violette. Pour la première fois, je la vois rire à gorge déployée.

« Tenez, emportez donc cette orange, si ça vous dit. »

Tsukada lui tend le fruit qu'elle dissimulait dans la poche de sa robe.

« Êtes-vous sûre… ?

— Puisque je vous le dis ! Nous en avons pris une chacune.

— Mais… »

La femme à la jupe violette hésite. La cheffe Tsukada se retourne pour suivre son regard.

« Ah… Ne vous en faites pas pour elle. Elle n'aime pas les fruits.

— Vraiment ?

— Pas vrai, cheffe Gondô ?

— Dans ce cas… je vous prends au mot. »

La femme à la jupe violette incline la tête.

Puis elle part en direction du vestiaire, la pomme et l'orange que lui a offertes Tsukada cachées dans les poches de son uniforme. À la voir avancer en faisant des courbettes pour remercier les collègues pour leur dur labeur, elle a tout de l'humble novice. Oubliant les commentaires désobligeants proférés le matin même, les autres employés qu'elle croise l'encouragent chaleureusement.

Deuxième journée de travail. La femme à la jupe violette prend le bus à 8 h 02, soit un peu plus tard que la veille. En semaine, son arrêt est desservi toutes les vingt minutes. Qu'elle attrape le bus plus tôt, et elle aura du temps à perdre avant la réunion matinale, mais qu'elle prenne le suivant, et elle sera en retard. Il est 8 h 52 lorsqu'elle pointe sur son lieu de travail.

Elle pénètre dans le bureau puis ouvre la porte du vestiaire, sans oublier chaque fois de lancer un « bonjour » d'une voix claire. Le directeur ainsi que les collègues se retournent pour la saluer en retour. Le premier esquisse un sourire satisfait, visiblement heureux de constater que son petit cours de diction continue de porter ses fruits.

« Pas trop de courbatures ? » lui demandent certains membres du personnel. « Non, ça va », leur répond-elle. En réalité, elle a mal partout : aux épaules, aux bras, aux hanches et aux jambes. Elle n'a cessé de faire craquer son cou, les sourcils froncés, en attendant le bus tout à l'heure.

Pour la deuxième fois, la femme à la jupe violette s'empresse d'aller se changer. Malgré le faux pas de la veille, elle a déjà pris le coup de main, semble-t-il. Elle a même apporté des bas. Quant aux cordons de son tablier, elle les noue avec soin, plaqués bien à plat.

Contemplant son reflet dans le miroir accroché à la porte du vestiaire, elle se coiffe, armée d'une brosse frappée du logo de l'hôtel. La veille, Tsukada l'a invitée à se servir dans le matériel ; elle a choisi cet ustensile, ainsi que des cotons-tiges. À chaque coup de brosse, des effluves d'un parfum frais et floral s'élèvent autour d'elle.

Avant de quitter le vestiaire, la femme à la jupe violette se livre à de rapides étirements. Elle laisse échapper de petits gémissements tandis qu'elle plie les genoux et fait rouler ses omoplates dans un geste visiblement douloureux. Son nouveau travail n'est pas la seule cause de ses courbatures : après le service, elle a couru pendant près de quatre-vingt-dix minutes, aussi vite que son corps le lui permettait.

La veille, le taux d'occupation des chambres n'atteignait pas les cinquante pour cent. Son service terminé à 15 h 30, la femme à la jupe violette a pris le bus de 15 h 53 qui l'a déposée dans notre quartier peu après 16 h 30. Naguère, elle serait sans doute rentrée directement à son domicile. Cette fois, pourtant, contrairement à ses habitudes, elle fit un détour par le parc.

Assise sur son siège réservé, elle plongea la main dans le sac posé sur ses genoux pour en sortir une pomme rouge – la fameuse pomme Hokuto que la cheffe Tsukada lui avait donnée plus tôt. Levant le fruit à hauteur de son visage, elle ouvrit grand la bouche et mordit dedans à pleines dents.

Une, deux, trois bouchées. Alors qu'elle s'apprêtait à prendre la quatrième…

« Ah, elle est là ! s'écria une voix d'enfant à l'extérieur du square.

— Elle mange une pomme ! »

Les enfants s'esclaffaient, l'index pointé sur la femme à la jupe violette. Riant toujours, ils bondirent par-dessus la barrière à l'entrée et formèrent un cercle, à quelque distance des bancs, pour se lancer avec entrain dans une partie de pierre-feuille-ciseaux. Une, deux, trois manches ; à la quatrième, un des participants joua les ciseaux et perdit. *Et zut*, maugréa-t-il, mais comme toujours, son visage trahit sa joie. Courant à petites foulées jusqu'au siège réservé de la femme à la jupe violette, le perdant tendit le bras.

Paf! Sa main s'abattit sur l'épaule de sa cible, qui lâcha sa pomme sous l'impact.

« Ah ! »

Le garçon blêmit. N'importe qui aurait pu prédire l'effet qu'aurait ce simple geste, pourtant. À l'instar de leur camarade, les autres enfants contemplaient la scène, un air de stupéfaction sur le visage.

La pomme roula jusqu'à la poubelle, près de laquelle elle s'arrêta enfin. Reprenant ses esprits, l'importun courut ramasser le fruit tout poussiéreux pour le rapporter à la femme à la jupe violette, la mine contrite.

« Excusez-moi », marmonna-t-il en la lui tendant.

Aussitôt, ses camarades accoururent pour s'incliner l'un après l'autre devant la femme à la jupe violette. *Excusez-nous! Pardon! On est vraiment désolés! Pardon! Pardon! Pardon!*

À les voir ainsi baisser la tête en succession rapide, j'en venais presque à me demander s'il ne s'agissait pas d'un nouveau jeu.

Mais je me trompais, visiblement. Les bambins se confondaient en excuses. Quant au garçon qui lui avait tapoté l'épaule, il avait les larmes aux yeux.

« Ce n'est rien », dit la femme à la jupe violette avec un petit signe de la main.

Ce n'est rien. Je ne la savais pas du genre à tenir de tels propos. Les enfants en restaient pantois, eux aussi.

« Elle a parlé?

— Tu l'as entendue? »

Ils échangèrent un regard tout en jetant des coups d'œil furtifs à la femme à la jupe violette.

« Je vais la laver! » annonça le fautif en courant vers la fontaine.

Ses camarades lui emboîtèrent le pas.

« Ce n'est pas la peine… »

À leur suite, la femme à la jupe violette quitta son banc.

La pomme passa de main en main pour être nettoyée avec soin, avant d'être remise à sa propriétaire. De retour sur son banc, le premier geste de la femme à la jupe violette fut de croquer une nouvelle bouchée.

« Délicieux », déclara-t-elle, avant de tendre le fruit à l'enfant le plus proche.

Le garçon – celui-là même qui l'avait dérangée dans sa dégustation – la goûta et laissa échapper un « trop bon ». Puis il donna la pomme à la fille qui se tenait à sa droite, qui l'imita et fit passer à sa voisine.

« Sucrée », « savoureuse », « quel régal ! ». La pomme fit le tour du cercle d'enfants entourant la femme à la jupe violette, dans le sens inverse des aiguilles d'une montre. Garçon, fille, fille, garçon, garçon, femme à la jupe violette : chacun mordit après l'autre, et après deux tours, il ne resta plus que le trognon.

Puis la femme à la jupe violette et les enfants se lancèrent dans une partie de chat. C'était la première fois qu'elle se joignait au cercle du pierre-feuille-ciseaux. Le jeu se poursuivit jusqu'à la tombée de la nuit, chacun endossant à son tour le rôle du chat.

La femme à la jupe violette fut la dernière à devenir chat. Les enfants se dispersèrent en tous sens telles des souris. Elle avait beau être une athlète aguerrie, la femme à la jupe violette avait bien du mal à suivre leurs mouvements imprévisibles. Elle leur donna la chasse, du mieux qu'elle pouvait, avant de s'arrêter soudain.

Tandis que les enfants continuaient de fuir dans toutes les directions, la femme à la jupe violette fit mine de déambuler oisivement dans le parc, inspectant les parterres de fleurs, levant les yeux vers l'horloge. Intrigués par ce changement d'attitude, les gamins se rapprochèrent, visiblement inquiets. Je partageais leur perplexité.

« Qu'est-ce qui se passe ? demanda un garçon en lui jetant un regard par en dessous.

— Vous êtes fâchée ?

— Non, fatiguée, répondit la femme à la jupe violette dans un soupir.

— Fatiguée ?

— Ça va aller ?

— Vous voulez vous reposer ? »

À ces mots, la femme à la jupe violette abattit ses deux mains sur les épaules du garçon qui se tenait devant elle.

« Je... te... tiens ! proclama-t-elle avec un sourire satisfait.

— Ouah, elle m'a eu ! » s'écria sa victime dans l'hilarité générale.

Bien joué ! Joli ! s'esclaffaient les enfants en tapant dans le dos de la femme à la jupe violette. À chaque tape une nuage de poussière s'élevait, porté par le vent du soir jusqu'aux bancs disposés près de l'entrée du parc.

Quelques minutes plus tard, dans le parc à présent désert, je trouvai une orange abandonnée sous un siège. Ramassant le fruit, je mordis dedans, sans même en ôter l'écorce. *Cronch, cronch*, je le croquai comme je l'avais vue faire plus tôt avec la pomme. Mon premier coup de dents n'atteignit pas la chair, mais, peu à peu, je sentis un jus aigre-doux s'écouler dans ma bouche.

Je mangeai comme une affamée. Même simple spectatrice, je mourais de soif après toute cette activité.

Impossible, cependant, de prendre congé au motif qu'elle était pétrie de courbatures après avoir trop joué à chat, aussi la deuxième journée de travail de la femme à la jupe violette a-t-elle de nouveau commencé par une séance de formation matinale.

« *C'est un secret, mais…* », entends-je Tsukada dire de temps à autre par la porte entrouverte. Visiblement, elle ne se prive pas de lui transmettre des astuces pour lui faciliter la tâche. Sans doute la cheffe, qui se targue habituellement de refuser ses enseignements aux individus manquant de motivation, apprécie-t-elle de voir la femme à la jupe violette suspendue à ses lèvres, prête à noter dans son carnet la plus futile de ses remarques. À ce train-là, il ne lui faudra même pas un mois pour voir sa formation validée – après quoi, elle passera plus de temps à travailler seule. Voilà qui devrait, en toute logique, me faciliter les choses si je veux lui adresser directement la parole.

Aujourd'hui, comme hier, j'ai manqué l'occasion de me présenter.

Le moment était pourtant tout trouvé lorsque je l'ai aperçue, sirotant un thé, seule, dans la cafétéria, à la fin de la pause-déjeuner. Mais alors que j'hésitais à l'aborder, le directeur surgit de nulle part pour me coiffer au poteau, désireux de voir comment évoluait la nouvelle recrue.

« Alors, le travail ? Allez-vous continuer ? lui demanda-t-il.

— Oui, tout se passe bien, répondit-elle avec un sourire.

— Tant mieux. Que cela reste entre nous, mais je craignais que les cheffes ne vous en fassent voir de toutes les couleurs, lui confia-t-il à voix basse.

— Tout le monde est très gentil, déclara la femme à la jupe violette.

— Ravi de l'entendre. C'est une équipe d'originaux que nous avons ici… En particulier les cheffes, chacune a sa personnalité.

— Certes…

— Prenez Tsukada, par exemple.

— Ah, oui… Héhé.

— Mais aussi Hamamoto, Tachibana, Shinjo, Hori, Miyaji. Sans oublier Nakatani, Okita, ou encore Nonomura. Bref, tout le monde. Une galerie de forts caractères.

— Comme vous dites… Héhé.

— On se croirait au zoo.

— Allons ! Héhéhé.

— Avez-vous déjà retenu tous les noms et les visages ?

— Des cheffes, voulez-vous dire ? Non, pas encore…

— Je vois. Hormis Tsukada, on voit de nouvelles têtes tous les jours à l'étage de formation. Mais vous aurez vite fait de vous y retrouver.

— Oui.

— Vous me voyez soulagé. Ceux qui ne trouvent pas leur place démissionnent tout de suite. Mais vous, Hino, vous semblez bien ici. Après tout, Tsukada ne tarit pas d'éloges à votre sujet.

— Elle est gentille, Mme Tsukada.

— Elle serait heureuse d'entendre ça. Oh, il est déjà si tard ? »

Quittant son siège, le directeur alla acheter deux canettes de café au distributeur avant de revenir.

« Tenez.

— Êtes-vous sûr ?

— Bon courage pour la suite.

— Merci beaucoup, monsieur !

— Haha. Excellente réponse. Je valide. »

Le lendemain est mon jour de congé. Mais puisque la femme à la jupe violette va travailler, j'ai décidé de la suivre. Elle prend le même bus que la veille et pointe à la même heure. Je manque de l'imiter, avant de me raviser et de ranger ma carte, juste à temps.

J'ai beau être venue sur mon lieu de travail, je n'ai pas l'intention de prendre mon service. D'autant que, puisque je suis en congé, je serais pas incluse dans les comptes. Non, ma seule motivation est d'observer discrètement la femme à la jupe violette à l'œuvre. Et, bien sûr, de me présenter à elle, si les circonstances le permettent.

À peine ai-je mis le pied au vestiaire que je prends conscience de mon épouvantable erreur.

J'ai oublié d'apporter mon uniforme. Or, sans tenue adéquate, je ne peux pas accéder aux étages. La veille, par habitude, j'ai emporté mes affaires afin de les laver et de les laisser sécher sur le balcon ce matin.

Quelle bévue. Je ne peux pas me promener en civil dans les couloirs, et si je veux emprunter une tenue de rechange, je serai forcée d'en parler à quelqu'un au bureau. Si l'on découvre que c'est mon jour de congé, on me renverra aussitôt chez moi.

Que suis-je venue faire ici, au juste ? À peine arrivée, me voilà de nouveau dans le bus, direction la maison. Encore heureux que je possède une carte de transport, me dis-je pendant le trajet.

De retour dans mes pénates, je regarde un peu la télévision avant de faire une sieste. La nuit est déjà tombée lorsque je me réveille. Après être restée un moment à me prélasser, voyant approcher l'heure de fermeture des magasins, je me lève.

Je fais le tour de la galerie marchande, en passant par le primeur, le drugstore et le tout à cent yens. Je n'entre pas dans les boutiques ; je me contente d'utiliser les distributeurs automatiques installés en façade. Je finis ma tournée par l'épicerie, où je compare deux produits en promotion lorsque je lève soudain les yeux et aperçois la silhouette de la femme à la jupe violette.

Jamais je n'aurais cru la croiser ici, à cette heure. Le taux d'occupation des chambres atteignait péniblement les trente pour cent aujourd'hui, si je ne m'abuse. Je pensais qu'elle aurait déjà fini son service et regagné son domicile.

Elle se tient à une dizaine de mètres. Sa démarche semble un peu différente alors qu'elle se dirige vers moi. Je n'y retrouve pas le dynamisme et l'agilité dont elle fait habituellement preuve lorsqu'elle parcourt la galerie marchande. Peut-être est-ce parce qu'il fait nuit et que les lieux sont peu fréquentés, toujours est-il qu'elle se déplace avec lenteur.

La cheffe Tsukada l'aurait-elle surmenée en ce troisième jour de travail ? À mesure que je m'approche, je vois avec plus de précision son visage, mais ses yeux regardent dans le vague et ses joues, d'ordinaire rebondies, semblent tombantes.

Que s'est-il passé ? Qu'a-t-il bien pu lui arriver au cours de cette journée ?

De terribles regrets s'emparent de moi tandis que je repense à mes actions de ce matin. Pourquoi m'être allongée devant la télé à ce moment-là ? Pourquoi ne pas être retournée sur mon lieu de travail ? J'aurais dû faire demi-tour, mon uniforme fourré dans un sac, et tant pis s'il était encore humide. Avec ma carte de transport, il n'y avait pas à hésiter.

La femme à la jupe violette vacille de-ci, de-là. Qu'on la bouscule en cet instant, et elle risque de tomber au sol. Cette pensée me traverse furtivement l'esprit. Bien sûr, personne n'en fait rien. Elle passe lentement devant moi, avant de se diriger vers son immeuble en titubant.

« Elle n'a pas l'air bien fraîche, celle-là, fait remarquer un client au propriétaire du magasin après que l'intéressée s'est éloignée.

— Au moins, elle marche sur ses deux jambes. Ça devrait aller », répond le commerçant en la regardant disparaître.

Ni l'un ni l'autre n'ont reconnu la femme à la jupe violette.

Je passe le lendemain dans un état d'agitation avancée.

La femme à la jupe violette, elle, est absente. C'est son premier jour de congé depuis qu'elle a intégré l'équipe de nettoyage lundi. À en juger par son état de la veille au soir, elle devrait passer la journée au lit. Cela lui suffira-t-il pour recouvrer ses forces ? Je demanderais bien à la cheffe Tsukada ce qu'il est arrivé hier, mais elle est en congé, elle aussi.

Plus que tout, je m'inquiète de savoir si elle reviendra après cette pause. Nombreux sont les nouveaux employés à tenir deux, trois jours, avant de disparaître dès le premier jour de battement.

Je ne voudrais pas que ce soit le cas de la femme à la jupe violette. Puisqu'elle a enfin été embauchée, j'aimerais qu'elle tienne encore un peu. Le temps que je devienne son amie, au moins.

Aussi, quel n'est pas mon soulagement lorsque je la vois debout à l'arrêt de bus le matin suivant.

Elle a bien meilleure mine que la dernière fois que je l'ai aperçue. Elle regarde devant elle, le dos droit.

Le bus arrive, plein à craquer. C'est le même cirque tous les matins, hélas, mais nous ne pouvons nous permettre d'attendre le suivant – nous serions alors en retard. Profitant de sa stature menue, la femme à la jupe violette se faufile sous les bras des *salarymen* pour grimper à bord.

Certains qui attendaient le bus ont vite fait d'abandonner pour courir vers la station de taxis. Ma position à l'arrière de la file me permet d'embarquer rapidement. Imitant la femme à la jupe violette, je m'incline pour me glisser sous le sac à dos d'un lycéen.

Dans le bus, la femme à la jupe violette se trouve noyée parmi les *salarymen*. De ma place, je n'aperçois qu'une partie de sa tête et son épaule droite. Un de ses voisins est en train de lui renifler les cheveux. Je suppose qu'elle a encore utilisé son shampooing au parfum fleuri. Peut-être s'est-elle lavé les cheveux plus tôt ce matin. Elle devrait avoir bientôt fini les échantillons fournis… Va-t-elle retrouver son ancienne tête ébouriffée ? Dans ce cas, personne ne lui reniflera plus les cheveux. Un espace se formera naturellement autour d'elle, ce qui me permettra, un jour, de voir clairement son visage et de lui lancer : « Ça alors, bonjour ! Vous prenez toujours ce bus ? »

Mais le moment des présentations n'est pas encore venu. Physiquement coincée, je me trouve bientôt obnubilée par un grain de riz perdu sur l'épaule de la femme à la jupe violette.

Il a l'air sec et dur. Peut-être a-t-elle suivi le conseil de la cheffe Tsukada, qui lui a recommandé d'en manger le matin. Peut-être cela fait-il des jours que ce grain se dessèche sur son vêtement. J'aimerais l'enlever, mais, pour le moment, je ne peux même pas bouger le petit orteil.

Peu à peu, pourtant, mon bras s'étire, jusqu'à ce que mes doigts effleurent presque son épaule. Au même instant, le bus prend un virage serré, versant d'un côté puis de l'autre. Ce n'est pas le grain de riz que j'attrape au passage, mais le nez de la femme à la jupe violette.

Elle laisse échapper un petit cri. Je retire ma main, paniquée.

Le bus s'arrête à la station suivante. Alors que les passagers s'apprêtent à descendre, la femme à la jupe violette scrute les environs d'un air apeuré, comme si elle cherchait à savoir qui a eu l'impudence de lui pincer le nez. Elle me regarde dans les yeux, comme pour dire « C'était toi ! », avant de venir se planter devant le *salaryman* debout à côté de moi.

« Vous ! Vous venez de me mettre la main aux fesses ! proclame-t-elle. Ce type est un pervers ! »

L'accusé ainsi désigné marmonne des paroles inintelligibles, sans pour autant nier les faits qui lui sont reprochés.

Les autres passagers s'empressent de l'encercler.

Prenant conscience de la situation, le conducteur effectue un arrêt d'urgence devant le poste de police le plus proche.

À l'ouverture des portes, la femme à la jupe violette descend la première. Vient ensuite l'homme, traîné manu militari par les autres passagers. Les portières refermées, le bus redémarre comme si de rien n'était. Par la vitre arrière, j'aperçois la femme à la jupe violette, de dos, qui remet son agresseur présumé à l'officier en poste.

Ce jour-là, à cause de cet incident, elle commence son service avec deux heures de retard. La réunion matinale terminée, alors que tout le monde attend l'ascenseur, les rumeurs vont bon train parmi les collègues. *Elle n'a pas perdu son temps pour s'éclipser. Le schéma classique, quoi. Nul doute qu'elle ne reviendra pas.*

« Elle doit avoir ses raisons, fait valoir la cheffe Tsukada. Elle ne semble pas du genre à abandonner sans rien dire.

— Vous croyez ? l'interroge une femme de ménage expérimentée, sceptique. Moi, je pense plutôt qu'on a affaire au numéro habituel.

— Non, cette fille-là est différente, insiste Tsukada.

— Je partage votre avis.

— Vous aussi, Hamamoto ?

— Oui, elle semble avoir pris sa formation très à cœur.

— Ce genre de fille ne démissionne pas à l'improviste », déclare une autre employée chevronnée.

Tsukada acquiesce d'un hochement de tête.

« Quand on a passé des années à former les nouveaux, ce genre de choses, on les lit dans le regard. Celle-là a décidé de continuer. Pas vrai, madame Hamamoto ?

— Tout juste.

— Hmm… Vous avez peut-être raison.

— Et puis, elle l'a dit elle-même : ce travail lui plaît. Vous êtes témoins, madame Hamamoto, madame Tachibana.

— Oui, c'est vrai, confirme Hamamoto.

— Elle l'a bien dit, renchérit Tachibana.

— On est allées boire un verre ensemble, avant-hier soir, vous savez, raconte Tsukada. Le taux d'occupation était bas ce jour-là, vous vous souvenez ? Alors on a raccroché le tablier à 15 heures, après quoi on est allées au restaurant de brochettes devant la gare, toutes les quatre.

— Avec elle, donc ?

— Comme je vous le dis. Les cheffes Okita, Nonomura et Hori étaient en congé ce jour-là.

— Mais… la cheffe Gondô n'était pas avec vous ? demande

une ancienne d'une petite voix, comme si elle craignait que je ne l'entende.

— Bah, la Gondô, elle ne boit pas, vous savez ! répond Tsukada. Alors ce serait gênant pour tout le monde, si on l'invitait.

— Mais oui, et puis, elle aussi était en congé, de toute façon, ajoute Tachibana.

— Vraiment ? J'aurais juré l'avoir aperçue, pourtant…

— Vous êtes sûre de ne pas avoir rêvé, Hamamoto ? Même la cheffe Shinjo s'est plainte de devoir vérifier le matériel en son absence.

— Ah, c'est bien possible…

— Bref, devant nos brochettes, elle nous l'a dit clair et net : "J'aime ce travail. J'espère continuer longtemps ici." Elle a même bombé le torse ! rapporte Tsukada.

— Hein ? Elle devait être sacrément ivre !

— Ah, ça aussi, c'est bien possible…

— Si ça se trouve, elle est encore au lit avec la gueule de bois.

— Mais non, c'était avant-hier. Une gueule de bois ne dure pas si longtemps.

— Qu'est-ce qu'on en sait ? Après tout, elle a beaucoup bu. Peut-être est-elle encore malade.

— Vous avez bu autant qu'elle, je vous signale, Hamamoto.

— Mais pas autant que Tachibana !

— Moi ? Certes, je n'y suis pas allée de main-morte, mais ce n'était rien à côté de votre razzia sur la liqueur de prune !

— N'importe quoi, et puis elle n'était pas forte. Alors que vous, vous avez démarré sur les chapeaux de roue.

— Peut-être, mais…

— Ça suffit. On s'est fait une soirée entre filles, tout le monde a trop bu, voilà tout.

— Vous la première, Tsukada! »

Alors que les trois cheffes s'esclaffent en chœur, le directeur apparaît au bout du couloir.

« Madame Tsukada? Hino vient d'appeler pour prévenir qu'elle aurait un peu de retard. »

La cheffe fait des grands gestes pour lui signifier qu'elle a bien reçu le message.

« Qu'est-ce que je vous disais! Ce n'est pas une tire-au-flanc. »

La femme à la jupe violette a, semble-t-il, appelé le bureau du poste de police pour expliquer la situation au directeur.

« Tenez, pour votre peine, dit-il en lui offrant une canette de café. Rude matinée, hein? »

Il est 15 heures. Descendue pour prendre un déjeuner tardif, la femme à la jupe violette accepte l'offrande avec humilité, les deux mains tendues et la tête baissée.

« Je vous prie de bien vouloir m'excuser pour ce désagrément.

— Du tout, voyons, répond-il. Vous n'avez pas à vous excuser: vous êtes la victime dans cette affaire. Si quelqu'un est en faute, c'est bien ce pervers. Quelle ordure! En tant qu'homme je ne peux tolérer un tel comportement. Vous avez dû avoir très peur. »

Elle hoche discrètement la tête.

« Ne croyez-vous pas que vous devriez changer d'horaire, pour le Bus? Car même si le coupable a été arrêté, on ne sait jamais quand un autre tordu pourrait monter.

— Oui... Le problème, c'est qu'il n'y a pas d'horaire qui

convienne vraiment. Si je prends le précédent, j'aurai beaucoup de temps à tuer, mais en prenant le suivant, je serais en retard.

— Hmm, je vois… Comme c'est ennuyeux…

— Mais tout ira bien. Les autres passagers et le conducteur m'aideront encore, le cas échéant.

— Vraiment ? Mais ça me tracasse.

— Il ne faut pas. Je vous en prie, ne vous inquiétez pas pour moi.

— J'insiste. J'étais très inquiet, ce matin. Même si je suis content de vous voir indemne, nous étions sans nouvelles de vous au moment de commencer la réunion. Or, je vous l'ai déjà dit, il n'est pas rare de voir les collègues disparaître sans un mot.

— Jamais je ne ferais une chose pareille.

— Je le sais bien. Les cheffes m'ont dit que ce n'était pas votre genre. Il paraît que vous êtes allées boire un verre toutes ensemble avant-hier ?

— Oui, elles me l'ont proposé sur le chemin du retour.

— Il paraît aussi que vous tenez bien l'alcool. Je ne m'y attendais pas.

— Oh non, qui vous a dit ça ?

— C'est une bonne chose ! Vous travaillez dur, mais vous savez aussi faire la fête.

— Je ne dirais pas ça. On m'a forcée à boire, ce soir-là… J'ai fini par avoir la nausée, et je me demande encore comment j'ai réussi à rentrer chez moi.

— Vraiment ? Voilà qui est dangereux…

— Et puis, je ne suis pas très douée pour le travail. Heureusement, Mme Tsukada explique très bien les choses.

— Ha ha ha. Je le lui dirai. Et je ne manquerai pas de l'avertir que vous visez son poste.

— Certainement pas !

— Je plaisante, je plaisante. À moins que… ?

— Pardon ?

— Que cela reste entre nous, mais je songe à vous faire passer à l'échelon supérieur, un de ces jours, afin que vous assistiez le personnel.

— Moi ? Vous êtes sûr ?

— Ce ne serait pas pour tout de suite, bien sûr. Mais le plus tôt possible, j'espère. Lorsque vous aurez fini votre formation, j'aimerais que appreniez le rôle de chef.

— Mais… je ne sais pas si je pourrais…

— Bien sûr que si. Ce n'est pas un travail compliqué, vous savez. Il suffit de jeter un coup d'œil à leur visage pour s'en rendre compte. Elles ont toutes l'air si insouciantes ! Certains, lorsqu'ils passent chefs, s'imaginent bénéficier d'un traitement de faveur et se mettent à bâcler le travail. Alors que vous, vous ferez souffler un vent nouveau sur cette équipe. Je pense que vous aurez une bonne influence sur les cheffes déjà en place. Certes, votre statut ne changera pas. Vous n'obtiendrez pas d'avantages supplémentaires, vous porterez toujours le même uniforme. Quant à votre salaire, il devrait augmenter d'une trentaine de yens par rapport à celui du personnel de nettoyage. Bien sûr, si vous restez suffisamment longtemps parmi nous, vous obtiendrez un contrat à durée indéterminée et, en fonction de votre évaluation, vous pourriez même décrocher un poste au siège social. D'après Mme Tsukada, vous auriez proclamé vouloir rester ici le plus longtemps possible ?

— Proclamer est un bien grand mot…

— Pour ma part, j'étais heureux de l'entendre, vous savez. Très heureux.

— Monsieur le directeur…
— Oui, cela m'a vraiment mis en joie.»

C'est en proie à un sentiment de frustration que j'épie leur conversation. Car enfin, la femme à la jupe violette ne daigne même pas mentionner le fait qu'on lui a attrapé le nez dans le bus.

Elle ne croit quand même pas que c'est la même personne qui lui a mis la main aux fesses et pincé les narines? Alors que non, pas du tout. C'est moi qui lui ai pincé le nez.

Le lendemain matin, je fais la queue à l'arrêt de bus, déterminée. C'est décidé: une fois encore, je vais attraper le nez de la femme à la jupe violette. La veille, toutes sortes de personnes l'ont interpellée. *Comment, on vous a molestée? Rude matinée que vous avez eue…* «C'est vrai, répondait-elle à chacun d'un ton léger. On m'a mis la main aux fesses dans le bus…»

Pour autant que je sache, cependant, pas une seule fois elle n'a évoqué l'autre attouchement qu'elle a subi. Je suis pourtant sûre d'avoir touché le nez de quelqu'un. Me serais-je méprise? Pire, aurais-je attrapé l'appendice nasal d'un parfait inconnu? Aucune idée. Quoi qu'il en soit, en l'état actuel des choses, c'est comme si mon geste n'avait jamais eu lieu.

Voilà pourquoi je vais le refaire. Et cette fois, j'y mettrai toutes mes forces, jusqu'à lui griffer la peau et la faire saigner.

Alors, peut-être, la femme à la jupe violette me fera-t-elle jeter hors du bus, furieuse. Peu importe. J'en profiterai pour décliner mon identité, lui présenter mes excuses, implorer son pardon, après quoi nous deviendront amies.

Du moins était-ce mon intention, mais je ne la vois pas dans la file, ce jour-là.

Après avoir regardé partir le bus de 8 h 02, je m'assieds sur le banc de l'abribus et attends sa venue. Je serai en retard au travail. Tant pis.

Mais voilà que le bus suivant arrive à son tour. Toujours pas de trace de la femme à la jupe violette. Elle ne serait quand même pas en congé ? Je m'empresse de vérifier mes notes, paniquée : son prochain jour de repos tombe lundi, pas aujourd'hui.

Je l'attends en tout et pour tout une heure, mais la femme à la jupe violette ne vient pas.

N'ayant pu assister à la réunion matinale, je consulte le tableau blanc dressé dans l'office afin de connaître le taux d'occupation des chambres et de vérifier lesquelles sont hors service pour la journée. Dans la section des remarques sont griffonnées, de la main peu soigneuse du directeur, un certain nombre d'erreurs commises la veille (thé non réapprovisionné en 210, baignoire non lavée en 709, fenêtre laissée ouverte en 811), ainsi que les rappels habituels (*le stock de fournitures ne correspond pas aux données inscrites ! Si vous constatez un manque, prière de le signaler aussitôt au responsable !). Après avoir pointé, je jette un coup d'œil à la carte de la femme à la jupe violette. Elle a pris son service à 8 h 50, soit presque exactement à la même heure que le deuxième jour.

Qu'est-ce que cela veut dire, bon sang ? Puisqu'elle n'a pas pris le bus, serait-elle venue en train ? Quand bien même, elle aurait été obligée d'emprunter la même ligne pour se rendre à la gare. À moins qu'elle n'ait préféré le taxi ? Le trajet jusqu'au bureau lui aurait coûté dans les trois mille yens, non ? Je doute qu'elle puisse se le permettre. Dans ce cas, serait-elle venue à pied ? Elle en aurait eu pour au moins deux heures… Le seul fait de rejoindre son lieu de travail l'aurait épuisée, or elle a de l'énergie à revendre, aujourd'hui.

Lorsque je l'ai aperçue plus tôt, elle s'activait dans une chambre, serpillière dans une main, plumeau dans l'autre.

« Plus vite ! Et avec soin ! l'invectivait la cheffe Tsukada.

— Entendu ! » fusait la réponse, claire et nette.

En réaction, Tsukada redoublait d'ardeur.

« Plus que cinq minutes ! Allez, allez, du nerf ! Demain, il n'y aura personne pour vous aider !

— Entendu ! »

Son service terminé, la femme à la jupe violette reçoit le tampon de validation de la cheffe Tsukada.

Jamais je ne l'aurais crue capable de finir sa formation en seulement cinq jours. En général, il faut plutôt un mois ou deux, voire un semestre entier. Même le directeur et les autres cheffes sont surpris par une telle efficacité.

Quant à l'intéressée, le seul fait de voir ses compétences reconnues si vite semble lui avoir donné un regain de confiance. Elle affiche une mine satisfaite, comme ragaillardie à l'idée de pouvoir se pavaner dès le lendemain avec un passe-partout accroché à la ceinture.

Elle n'est pas la seule à avoir cette réaction : tout nouvel employé adopte une démarche plus légère et projette une atmosphère plus détendue après obtenu le sceau de validation. Pendant la formation, les chefs sont toujours sur votre dos, à vous réprimander, voire à vous malmener, vous obligeant à refaire votre travail, encore et encore, jusqu'à ce qu'ils le jugent « correct ». Devenir un employé à part entière signifie être libéré de ce joug. On déverrouille les chambres tout seul, on fait le ménage tout seul, on en sort tout seul et on les ferme tout seul. En parfaite autonomie, du début à la fin. Le sentiment de liberté l'emporte largement sur la pression que l'on peut éprouver à l'idée de devoir assumer tant de responsabilités. Dernièrement, la femme à la jupe violette n'a pas seulement changé d'attitude vis-à-vis de son travail, mais aussi de la façon dont elle passe ses jours de congé.

Pour le dire simplement : elle sort plus souvent. Mais quand je dis qu'elle sort, en réalité, elle se contente de se promener dans le quartier, comme à son habitude.

Ce jour-là, encore, elle se livre à sa routine familière : après avoir fait ses courses dans la galerie marchande, elle se rend au parc.

« Ah, la voilà ! »

Les enfants sont déjà là.

À peine l'ont-ils aperçue à l'entrée qu'ils se précipitent vers elle.

« Alors, alors ? »

Elle acquiesce d'un hochement de tête, sous les acclamations des gamins qui la tirent par la main pour la conduire à son siège réservé.

Une fois assise, elle se trouve encerclée. *Vite, vite !* la pressent-ils, tandis qu'elle sort son butin de son sac : une boîte de chocolats.

« Depuis le temps qu'on attendait ! » s'exclame un garçon aux allures de chef, à qui elle tend la boîte, carrée et marron. Aussitôt, ses camarades se rassemblent autour de lui. *Allez, donne ! À moi aussi !*

« Partagez-la entre vous, leur dit la femme à la jupe violette avec nonchalance. Il y en a un pour chacun. »

Mais ils ne l'écoutent déjà plus, trop absorbés par leur trésor. Ils seraient prêts à se battre, même s'il y en a assez pour tout le monde.

Fabriqués à partir de fèves de cacao soigneusement sélectionnées à travers le monde et de crème fraîche issue des meilleures laiteries de Hokkaidô, les bonbons coûtent neuf cent quatre-vingts yens la pièce. Ils sont accompagnés d'un message signé de l'artisan pâtissier et, sur le couvercle de la boîte, figure le logo de l'hôtel (composé des lettres *M&H* et d'un Pégase couronné de fleurs).

Délicieux... C'est fondant! Les enfants dégustent l'offrande d'un air béat, comme s'ils pouvaient véritablement faire la différence avec les tablettes bon marché qu'ils croquent habituellement. La femme à la jupe violette, elle, pose sur eux un regard de madone.

Les enfants sont très surpris d'apprendre que la femme à la jupe violette travaille. La voyant errer si souvent, oisive, au milieu de la journée, ils pensaient, comme beaucoup d'autres – y compris moi –, qu'elle était au chômage.

« Eh bien, parfois je travaille, et parfois non, leur dit-elle d'un air embarrassé.

— Qu'est-ce que tu fais ? demandent les enfants.

— Le ménage.

— C'est un travail, ça ?

— Bien sûr.

— Tu veux dire que tu es payée pour nettoyer ?

— Exactement.

— C'est pas juste ! Moi, je dois débarrasser ma chambre et l'entrée de la maison tous les jours, mais je n'ai jamais reçu un yen pour ça.

— C'est parce qu'il s'agit de mon emploi. Je ne fais pas ça pour aider, explique avec honnêteté la femme à la jupe violette.

— Moi, quand je serai grande, je ferai femme de ménage, proclame une des fillettes.

— Moi aussi, dit un garçon.

— Moi aussi, lui fait écho un autre.

— Moi pareil », lance une autre fille.

L'une après l'autre les mains se lèvent.

« On n'aura qu'à travailler tous ensemble !

— Bonne idée !

— Vous pourriez travailler chez nous, leur dit la femme à la jupe violette. Vous voyez le grand hôtel devant la gare ? Celui avec la façade blanche, où il y a écrit *M&H* ? C'est là que je travaille. Quand vous serez grands, vous devriez tous venir.

— Ah oui, j'ai déjà vu ce *M&H*.

— Moi aussi, du train.

— Tout juste. L'enseigne est visible du train et du bus. C'est un hôtel de luxe, qui reçoit beaucoup de célébrités.

— Hein ? Il y a des stars ?

— Akira Mine y est descendu la semaine dernière.

— Le chanteur d'*enka* ?

— Lui-même. Et avant-hier, nous avons reçu l'actrice Reina Igarashi.

— Vraiment ? Génial !

— Elle était belle ?

— Hmm… elle est plutôt banale, je dirais.

— La chance ! J'aimerais tellement la rencontrer, s'extasie un garçon. Dis, tu crois que je pourrais être femme de ménage, moi aussi ?

— Bien sûr.

— Et moi ? s'enquiert une fille.

— Mais oui ! Il faut un temps d'adaptation, mais une fois qu'on a pris le coup de main, c'est à la portée de tout le monde.

— C'est pas difficile ?

— Ça peut sembler difficile au début, mais une fois qu'on a pris le coup de main, c'est à la portée de tout le monde. Inutile de t'inquiéter. Si tu viens à notre hôtel, je me chargerai de ta formation. »

Il n'y a pas si longtemps, le directeur a parlé de la faire passer cheffe. En dépit de son embarras affiché sur le moment, elle devait s'en être réjouie intérieurement, car la voilà qui débite toutes sortes de conseils que l'on n'attendrait pas de la part d'une débutante.

« Je peux la garder ? » demande un garçon à la femme à la jupe violette.

Chacun a eu son chocolat. Il agite la boîte vide.

« Si tu veux. Que comptes-tu en faire ?

— C'est pour ranger des coupons de réduction. Ma mère les collectionne. Mais sa boîte est déjà pleine.

— Moi aussi, je la veux, proteste une fille.

— Trop tard, c'est à moi qu'elle l'a donnée !

— La prochaine sera pour toi, Mika-chan, la console la femme à la jupe violette.

— Quand ?

— Je ne sais pas. La prochaine fois que j'aurai des chocolats.

— Moi aussi j'en veux une.

— Entendu, chacun son tour : d'abord Mika, puis toi, Mokkun.

— Promis, hein ?

— Tiens, j'ai déjà vu cette image quelque part… mais où ? remarque une des filles en regardant la boîte dans la main de son camarade.

— C'est le logo de notre hôtel, répond la femme à la jupe violette. Il figure sur tous les biscuits que je vous ai donnés jusqu'à présent, sur les boîtes de *Baumkuchen*, bref, sur tous les produits de l'hôtel.

— Ça alors. C'est quoi ? Un cheval ? l'interroge le garçon qu'elle a appelé "Mokkun".

— Un Pégase, rectifie-t-elle.

— Ah ! Ça me revient ! s'exclame soudain la fillette en levant le nez de la boîte. J'ai vu cette image sur des serviettes à la maison !

— Pardon ?

— Sur des serviettes de bain et même des essuie-mains. Ce sont les plus propres et les plus moelleux de la maison.

— Hmm… Ils ont été achetés dans notre hôtel ? Je ne suis pas sûre qu'ils soient en vente… »

La femme à la jupe violette penche la tête, perplexe.

« Non. À la kermesse, répond la fillette.

— À la kermesse ?

— Oui. Celui de l'école. Ma mère les a achetés là, j'étais avec elle. Tu y es déjà allée, Mayu ?

— Jamais, non.

— Sérieux ? s'étonne un garçon. Moi j'y vais chaque fois.

Ils vendent des hot dogs, il y a même un coin jeux, on s'amuse bien !

— Vraiment ?

— J'y a ai acheté des mangas et des tennis, raconte la fille.

— Ça alors ! C'est quand ?

— Le troisième dimanche de chaque mois. Tu n'as qu'à venir avec nous la prochaine fois !

— Entendu. Si je suis en congé, j'essaierai d'y faire un tour. »

Quand ont-ils fait les présentations, au juste ? Les visages des enfants se ressemblent tous, mais grâce à cette conversation, je sais maintenant qu'il y a un Mokkun et une Mika dans le groupe. Il y a également Yûji, Kanepon, et Minami. Quant à Mayu, c'est le diminutif de la femme à la jupe violette, qui leur raconte à présent avoir croisé une célébrité sur son lieu de travail, ce dont les enfants sont très jaloux.

Sa formation terminée, la femme à la jupe violette s'est aussitôt trouvée affectée au trentième étage. C'est celui où logent souvent les célébrités. Chaque niveau dispose d'une équipe attitrée, si bien que je n'ai plus que très rarement l'occasion de la croiser ; par conséquent, il m'est beaucoup plus difficile qu'avant de l'observer au travail. Ces derniers temps, j'ai bien plus de chances de l'apercevoir au parc, ou dans la galerie marchande.

Depuis son agression, la femme à la jupe violette a cessé de prendre le bus le matin – et seulement le matin, semble-t-il, car il m'arrive de l'apercevoir à bord sur le chemin du retour. Quant à savoir quel autre moyen elle emprunte, train, marche ou taxi, pour l'instant, le mystère demeure. Si j'en crois les informations de sa carte de pointage, depuis quelque temps, elle prend son service quinze minutes plus tôt. Le matin, lorsque je pénètre dans le vestiaire, je la trouve souvent qui s'est déjà changée et se coiffe avec soin tout en inspectant son reflet dans le miroir. Des effluves de parfum floral embaument l'air à chaque coup de brosse. Les échantillons que je lui ai fournis n'auraient pas dû durer plus de cinq jours ; pourtant la voilà qui, deux, voire trois semaines plus tard, sent encore les fleurs fraîchement coupées. Si étrange que cela puisse paraître, la raison en est simple.

Figurez-vous qu'il y a quelque temps, je l'ai aperçue qui achetait une recharge de shampooing au drugstore de la galerie marchande. Or, si elle prenait une recharge, c'est qu'elle doit en avoir acheté une bouteille auparavant. Autrement dit : l'échantillon lui a beaucoup plu. Car après tout, nul besoin pour elle d'aller jusqu'à acheter du shampooing : elle pourrait très bien s'en procurer sur son lieu de travail, au même titre que de l'après-shampooing, du gel douche ou encore du savon. La plupart des employés possèdent dans leur salle de bains un flacon de shampooing avec le logo de l'hôtel. La même odeur s'échappe de leur tête au quotidien. Seule la femme à la jupe violette émet cette fragrance de fleurs fraîches.

L'autre jour, la cheffe Tsukada l'a interrogée à ce sujet :

« Dis-moi, Hino, pourquoi tu n'utilises pas notre shampooing ?

— Pourquoi..., a simplement répété l'intéressée, mal à l'aise.

— Tu peux t'en servir, tu sais. Il est pas mal.

— Oui, je suppose..., a marmonné la femme à la jupe violette en se détachant les cheveux.

— Au moins, c'est gratuit. Et comme ça fait partie du matériel, tu es libre de t'en servir. Tout le monde le fait. Tu devrais t'y mettre, toi aussi, dès aujourd'hui.

— Oui… »

La femme à la jupe violette jeta un coup d'œil au flacon miniature que tenait la cheffe Tsukada.

« Mais l'odeur est un peu…

— Un peu quoi ?

— Dison que ça rappelle la marée, vous ne trouvez pas ?

— Tu crois ?

— Oui, ça donne comme une odeur de poisson cru. Ah, pardon. Je ne voulais pas dire que vous-même sentiez le poisson cru, cheffe. Je parlais seulement du shampooing. Héhé. »

Cette remarque n'amusa guère Tsukada. J'épiais leur conversation, le cœur battant. Voyant la cheffe ranger sans un mot son shampooing et comprenant peut-être qu'elle avait manqué de tact, la femme à la jupe violette s'empressa de changer de sujet. « On devrait retourner boire un verre, à l'occasion », bredouilla-t-elle, entre autres paroles joyeuses, et pour l'heure, l'incident sembla clos.

Comme elle a fini sa formation, la femme à la jupe violette n'est très vite plus considérée comme une novice. Une fois qu'on devient employé à part entière, les distinctions créées par l'ancienneté s'estompent. De temps à autre, je l'aperçois au réfectoire, écoutant d'un air amusé les ragots qu'échangent les anciennes, même si, pour être honnête, il peut s'avérer difficile de distinguer qui est qui, de loin. Coiffure, tenue, posture, expression, cliquetis du passe-partout accroché à sa taille chaque fois qu'elle s'esclaffe : la femme à la jupe violette se fond à la perfection dans son environnement.

Regardez-la plus attentivement, cependant, et vous commencerez à voir le fond de sa pensée. La femme à la jupe violette n'apprécie pas réellement cette ambiance. Ses lèvres ont beau sourire, ses yeux restent froids. Et à l'inverse des collègues qui affichent des mines réjouies, elle arbore une expression teintée de mélancolie. Elle fait l'impossible afin de s'intégrer, de ne pas gâcher le plaisir des autres. Par deux fois, j'ai tenté de l'interpeller afin de la sortir de ce cadre dans lequel elle semble étouffer. « Hé, dites ! » « Hello ? » Les deux fois, la conversation était si animée que personne n'a remarqué ma présence.

Voilà déjà deux mois que la femme à la jupe violette a intégré l'équipe de ménage. Sans doute maîtrise-t-elle à présent tous les codes de son lieu de travail, pour le meilleur comme pour le pire.

Ce constat me chagrine un peu, même si je n'y puis rien. Après tout, l'écrasante majorité du personnel est constituée de femmes ; rien d'étonnant à ce qu'elles passent leur temps à échanger des commérages. Même si cela ne vous intéresse pas, il faut bien donner le change.

Aujourd'hui sur untel, demain sur telle autre, et ainsi de suite, les rumeurs se succèdent à l'infini, passant allègrement du coq à l'âne. Il se trouve toujours quelqu'un pour médire sur le compte d'un tiers. Peu importe que l'on soit novice ou expérimenté : tout le monde y passe, croyez-en mon expérience. La femme à la jupe violette n'y échappe pas non plus, bien sûr.

« Quelque chose a changé chez la Hino par rapport à l'époque où elle est arrivée, non ?

— Oui, oui.

— Elle est plus potelée, plus enjouée aussi, vous ne trouvez pas ?

— Si, si.

— Alors que quand elle est arrivée, elle était si terne et si pâle.

— Autrement dit, elle est en meilleure santé à présent.

— Oui, je vois ça. »

Car, oui, on dit des choses positives sur elles. Et ces commères n'ont pas tort : la femme à la jupe violette a bien changé au cours des deux derniers mois. En premier lieu son visage – auparavant creuses, ses joues semblent repulpées et ont repris de la couleur. En bref, elle a un peu grossi. À première vue, pourtant, elle n'a pas l'air de manger tant que ça. Dans les premiers temps, je craignais même de la voir s'effondrer, car elle se contentait de boire un thé à la pause-déjeuner.

Dans la cafétéria, près du coin des distributeurs automatiques, se trouve une fontaine à *hôjicha*, où chacun peut se servir gratuitement. La femme à la jupe violette ne manque jamais d'en profiter. Elle sirote son infusion d'orge grillé par petites gorgées, dans une bouteille en plastique qu'elle serre des deux mains. Maintenant que j'y songe, dès son premier jour, les collègues venaient l'aborder tandis qu'elle se livrait à ce rituel.

« Tiens ? Vous ne prenez que du thé, la nouvelle ?

— Oui, répondait-elle.

— Ne me dites pas que vous faites un régime, quand même ?

— Non.

— Manquerait plus que ça, dites donc. Vous devriez vous remplumer un peu ! Qu'est-ce qui vous ferait plaisir ? Prenez ce qu'il vous plaît. »

Et de lui offrir, qui un beignet, qui une brioche ou encore un petit pain. J'en ai même vu lui donner bonbons et chewing-gum, clémentines et biscuits, entre autres. J'ai beau me servir à la fontaine à *hôjicha* tous les jours, moi aussi, je n'ai jamais connu cela. La différence de traitement viendrait-elle du fait que l'une boit debout, et l'autre assise ? La femme à la jupe violette est toujours installée seule à une table ronde prévue pour six personnes. Sans doute est-ce son profil esseulé qui incite les autres à lui venir en aide. Il n'est pas rare de voir le directeur lui offrir une canette de café ; quant à la cheffe Tsukada, elle est même allée jusqu'à partager avec elle la boule de riz qui accompagnait son bol d'udon. Même lorsqu'elle n'apporte pas de quoi manger, elle trouve toujours le moyen de se remplir l'estomac. Et quand il n'y a personne pour la nourrir, elle peut glaner de quoi se rassasier dans les chambres. La femme à la jupe violette sait y faire.

Parfois, elle verrouille la porte de la chambre de l'intérieur, comme le lui aura sans doute appris une des cheffes. On l'a tous fait au moins une fois, même si cela nous est interdit, en réalité. Que l'on soit titulaire ou encore en formation, le règlement nous impose de laisser la porte ouverte pendant le ménage.

Quant à savoir ce que la femme à la jupe violette fait derrière cette porte… Le ménage, bien entendu, mais aussi toutes sortes de choses : elle boit le café fourni gracieusement à la clientèle, grignote fruits secs et chocolats payants, ou termine les restes de sandwichs livrés par le room-service. Après quoi elle s'allonge sur le lit pour y regarder la télévision ou faire une sieste, quand elle ne remplit pas la baignoire d'eau chaude pour s'y délasser les pieds. Peut-être même siffle-t-elle une coupe de champagne. Quand elle rouvre enfin la porte pour quitter la chambre, elle a généralement la bouche pleine.

Voilà donc pourquoi elle semble « plus potelée » et « en meilleure santé ». Et si ses cheveux naguère secs ont gagné en souplesse et en éclat, ce n'est pas uniquement grâce au shampooing. Après tout, ne dit-on pas qu'une bonne alimentation suffit à leur donner brillance et volume ?

Autre jour, autre rumeur au sujet de la femme à la jupe violette :

« Elle est devenue drôlement belle, la Hino, pas vrai ? fait remarquer une collègue. Je me demande si elle a fait de la chirurgie… »

Je suppose que l'on peut le prendre comme un compliment.

« Pas possible, rétorque une autre. C'est le maquillage.

— Tu crois ? Elle est douée, alors.

— Ça, oui.

— Et elle travaille vite.

— Oh oui, très vite.

— Les cheffes n'arrêtent pas de dire qu'on peut lui confier sans problème les ménages de dernière minute.

— Oui, parce qu'elle est très efficace.

— Mais elles disent aussi qu'elle va trop vite, parfois.

— Eh bien, ce n'est pas faux.

— Ça me fait mal de le dire, mais il lui arrive de s'économiser.

— Oui, oui, tout à fait.

— Même les cheffes ont dû s'en rendre compte, d'ailleurs.

— Certes, mais elles ont Hino à la bonne.

— Tu sais quoi ? Elle va jusqu'à les saluer différemment de nous.

— Je le sais bien. Elle n'utilise pas tout à fait le même ton avec elles.

— Elle fait bien la distinction, oui.
— Exactement.
— Et puis, elle ne range pas correctement son chariot.
— Mais oui ! Quand on passe après elle, il manque toujours quelque chose.
— L'autre jour, par exemple, il n'y avait plus qu'un savon.
— Elle ne pense qu'à sa pomme, celle-là, sans jamais se soucier des autres ! »

Quelques heures après avoir entendu ce commérage, je vais inspecter discrètement le chariot qu'a utilisé la femme à la jupe violette. Elle-même est déjà rentrée chez elle, son service terminé. Conformément aux dires des collègues, il n'y a plus qu'une brosse, et les charlottes n'ont pas été réapprovisionnées. Peut-être a-t-elle prévu de refaire les stocks le lendemain matin, mais c'est justement son jour de congé… D'ailleurs, je suis de service le lendemain. Il doit bien y avoir deux semaines que nos congés n'ont plus coïncidé. Aussi frustrant que ce soit de devoir compter sur les bavardages des collègues pour me tenir au courant de sa situation, c'est toujours mieux que rien.

Il ne me reste plus qu'à attendre la réaffectation des étages, prévue le mois prochain, me dis-je, quand une nouvelle rumeur parvient à mon oreille.

Cette fois, c'est de la bouche des cheffes qu'elle sort. Et elle est particulièrement difficile à avaler. La femme à la jupe violette sortirait avec le directeur. Pardon ? Le directeur… *notre* directeur ? Cet homme marié, qui a des enfants ? On parle bien du même ? Non, c'est forcément un mensonge.

« Si, si, je vous assure, insiste la cheffe Hamamoto en déballant un bonbon.
— Vous les avez vus ? » s'enquiert la cheffe Tsukada.

Elle déchire l'emballage d'un biscuit de riz. Une odeur de sauce soja se répand dans la buanderie.

« Moi non, mais certaines des filles, oui. Et pas qu'une seule. D'après elles, la petite Hino rapplique tous les matins dans la voiture du directeur.

— Carrément ? Incroyable… »

Le lendemain, je décide d'en avoir le cœur net. Sur un point, elles n'ont pas menti : la femme à la jupe violette arrive à l'hôtel dans la voiture du directeur. Je comprends mieux pourquoi je ne la voyais plus à l'arrêt de bus. Le directeur vient la chercher au pied de son immeuble pour l'amener directement sur son lieu de travail. Évidemment, elle ne risque plus d'emprunter les transports en commun.

Ce qui ne signifie pas pour autant qu'ils sortent ensemble. Tout ce que j'ai pu constater, c'est qu'à 8 heures du matin le directeur est arrivé devant l'immeuble de la femme à la jupe violette au volant d'un véhicule de tourisme noir, qu'il a klaxonné à deux reprises, et qu'après quelques secondes la porte de l'appartement 201 s'est ouverte pour laisser sortir la femme à la jupe violette. Elle a adressé un signe de la main au directeur, tout sourire, avant de descendre l'escalier en faisant attention où elle mettait les pieds, puis d'ouvrir la portière côté passager et de grimper dans l'habitacle où, après avoir échangé quelques mots avec son hôte, elle a bouclé sa ceinture de sécurité à l'instant même où le directeur mettait le contact.

Il la conduit jusqu'à son lieu de travail, là-dessus, pas d'erreur.

Mais y a-t-il plus ? Selon la rumeur, ils se seraient progressivement rapprochés à force de covoiturer tous les matins, au point de finalement entamer une relation… Serait-ce la vérité ? Je m'interroge.

Dimanche. La femme à la jupe violette et moi. En congé, simultanément, pour la première fois depuis trois semaines. Température : 21 degrés. Taux d'humidité : soixante pour cent. La météo annonce beau temps et ciel bleu dès le matin.

9 heures. La femme à la jupe violette sort de l'appartement 201. Même de loin, je remarque son maquillage, plus appuyé qu'à l'accoutumé. Ses cheveux sont plus brillants aussi ; sans doute les aura-t-elle soigneusement brossés la veille au soir. Elle descend lentement l'escalier, avant de presser un peu l'allure une fois dans la rue. Le bruit de ses pas résonne tandis qu'elle rejoint l'arrêt de bus le plus proche.

Personne pour faire la queue en ce dimanche matin. Les horaires sont ceux des jours fériés : deux passages, seulement, entre 9 et 10 heures.

À 9 h 14, elle monte dans le bus, arrivé pile à l'heure indiquée. Il est presque vide. La femme à la jupe violette prend place sur le troisième siège individuel à partir de l'avant, tandis que je m'installe sur la banquette du fond. Il y a longtemps que nous n'avons pas voyagé à bord du même véhicule. Ce seul détail suffit à me réjouir un peu. Elle passe le trajet à contempler d'un air vague le paysage qui défile à la fenêtre, quand elle n'inspecte pas son visage dans un petit miroir qu'elle a sorti de son sac. Une fois, même, elle sort un téléphone portable flambant neuf (quand se l'est-elle procuré ?), dont elle se contente de consulter l'écran avant de le ranger sans autre forme de procès.

À 9 h 45, le bus arrive à la gare. Voilà donc sa destination. La femme à la jupe violette paie le trajet en liquide, je présente ma carte de transport, puis nous descendons du véhicule.

Elle entre dans un grand bâtiment proche du terminus. Je me demande ce qu'il peut bien abriter, avant de comprendre qu'il s'agit simplement pour elle d'un raccourci : elle descend au sous-sol, emprunte un autre escalier pour remonter au rez-de-chaussée et ressortir devant la gare. L'endroit regorge de restaurants et de boutiques de souvenirs, mais rien n'est encore ouvert, semble-t-il – tous les commerces ont encore le rideau baissé, à l'exception d'un café. La femme à la jupe violette en pousse la porte et y pénètre.

À l'intérieur se trouvent deux clients : un vieillard coiffé d'un bonnet en tricot gris, qui discute avec le patron, installé au comptoir, et un homme assis à la table du fond, dos à l'entrée, casquette de base-ball noire sur la tête.

L'homme à la casquette n'est autre que le directeur. À peine a-t-il remarqué l'arrivée de la femme à la jupe violette qu'il replie le journal qu'il était en train de lire et soulève la besace posée sur le siège en face de lui.

Je reconnais le sac à bandoulière noir qu'il a l'habitude d'apporter au travail. La femme à la jupe violette s'assied sur la chaise ainsi libérée. « Un thé au lait, s'il vous plaît », lance-t-elle au patron derrière le comptoir, avant de se tourner vers le directeur. « C'était quoi ? » Il regarde son assiette vide. « Un menu petit déjeuner avec omelette », répond-il. Elle contemple à son tour le récipient. « Ça devait être bon. »

Le patron apporte le thé au lait à l'instant même où le directeur jette un coup d'œil à sa montre. « C'est déjà l'heure », annonce celui-ci. « Un instant, juste une gorgée », proteste la femme à la jupe violette en portant la tasse à ses lèvres.

En se levant, le directeur chausse une paire de lunettes de soleil. Par la forme de la monture, elles ressemblent beaucoup aux miennes, même si les siennes doivent être plus chères. J'ai eu les miennes au tout à cent yens.

Il passe à la caisse pour payer. Un menu petit déjeuner B et un thé au lait, total : huit cent quatre-vingts yens.

À 10 h 20, ils quittent le café, tous les deux, et déambulent bras dessus bras dessous dans la rue commerçante, où les rideaux de fer ont commencé à se lever. Le directeur ne cesse de tourner la tête, visiblement tracassé. À l'inverse, la femme à la jupe violette semble insouciante. Plus il s'inquiète du regard des autres, plus elle se colle à lui. Après une dizaine de minutes de marche, ils pénètrent dans un bâtiment. *Yokota Cinema*, annonce le fronton.

À 10 h 35, la femme à la jupe violette achète un coca-cola et du popcorn à la boutique. Aussitôt, le directeur tend la main pour en attraper une poignée et l'enfourner dans sa bouche. « Franchement », le morigène la femme à la jupe violette, ce qui arrache un éclat de rire au directeur. Ses traits se sont détendus dès l'instant où ils sont entrés dans le cinéma.

Ils ont pris des billets pour une double séance : *Speed* et *L'Inspecteur Harry*. Je n'ai vu que le premier, que j'avais trouvé divertissant, même si je ne m'en souviens plus très bien. C'était il y a longtemps.

À 10 h 45, la séance commence. On projette d'abord *Speed*. La mémoire me revient peu à peu au fil du métrage. Dans mon souvenir, la bombe avait été posée dans un train, alors qu'il s'agit d'un bus. Même s'il y a bien un train, aussi, à la fin. La femme à la jupe violette n'en perd pas une miette, les yeux rivés à l'écran, elle en oublie même son popcorn. Le directeur, lui, n'arrête pas de gigoter du début à la fin : il grignote, sirote son soda, se gratte le visage, frotte son visage contre l'épaule de la femme à la jupe violette pour renifler son odeur (du moins en apparence), s'étire le cou, bâille bruyamment, avant finalement de piquer du nez et de se mettre à ronfler. Une fois, seulement, la femme à la jupe violette jette un coup d'œil à son visage endormi, après quoi elle se remet à fixer l'écran.

À 12 h 45, *Speed* prend fin. *L'Inspecteur Harry* doit commencer un quart d'heure plus tard, le temps d'une petite pause. Quel genre de film cela peut-il être ? J'ai hâte de le découvrir.

C'est alors que les deux autres quittent leurs sièges. Pour aller aux toilettes, me dis-je, mais ils ne reviennent pas. Lorsque je sors dans le hall pour vérifier, je les aperçois de l'autre côté de la vitre, qui marchent ensemble en direction de la gare. Je me lance à leur poursuite.

À la différence du matin, la rue est à présent pleine de monde. La femme à la jupe violette en profite pour révéler son talent unique au directeur.

« Regarde », dit-elle, avant de lui tourner le dos et de se glisser avec aise entre les passants, louvoyant telle une patineuse.

« Ha ha ha, bravo, bravo », applaudit le directeur de loin. La femme à la jupe violette se retourne avec un sourire et attend qu'il la rejoigne. Alors qu'il la rattrape, elle se faufile de plus belle, avant de s'arrêter une nouvelle fois et de se retourner avec un sourire pour attendre qu'il la pourchasse. Et ainsi de suite. Lui ne cesse de rajuster sa casquette dès qu'elle a le dos tourné.

À 13 heures, je les retrouve en train de lire, debout côte à côte dans une grande librairie située face à la gare. Le directeur parcourt un mensuel dont la couverture annonce un numéro « spécial ramens », tandis que la femme à la jupe violette tient une revue de cinéma. Au lieu de feuilleter son magazine, cependant, elle jette un coup d'œil à la page que consulte le directeur. « Ça a l'air bon », semble-t-elle dire, même si je n'entends pas leur conversation. Peut-être vont-ils manger des ramens pour le déjeuner.

À 13 h 10, ils quittent la librairie et la rue commerçante pour prendre une ruelle à l'écart, au fond de laquelle se trouve un *izakaya* ouvert vingt-quatre heures sur vingt-quatre. Pas de ramens pour le déjeuner, donc.

Le directeur franchit le seuil avec un « bonjour ». L'endroit est particulièrement bondé pour un dimanche midi (à moins que ce ne soit précisément parce qu'on est dimanche midi ?). Je prends place au coin du comptoir.

« S'il vous plaît ! » Le directeur fait signe à un serveur. *Ça et ça, ça et ça.* C'est lui qui décide de tout. La femme à la jupe violette, elle, reste coite. De temps à autre, les éclats de rire du directeur me parviennent par-dessus le vacarme des conversations, mais c'est à peine si je perçois la voix de la femme à la jupe violette. Il semble être un habitué des lieux. Une heure environ après leur arrivée, il se tourne vers un des employés au fond et lance : « S'il vous plaît ! Vous voulez bien m'apporter ce petit plat épicé que je prends toujours ? » Qu'est-ce que cela peut bien être ? La réponse arrive bientôt : une assiette de *menma*, des pousses de bambou fermenté.

Le directeur a une sacrée descente. Le temps que la femme à la jupe violette boive ses deux *sours*, il a déjà englouti six pressions. « Quelle est la nature de votre relation ? » lui demande à un moment donné un ivrogne à la table voisine. « Devine », le défie le directeur, cramoisi. « Euh… père et fille ! » tente l'ivrogne. « Exact ! » répond le directeur. Ils commandent ensuite un bol de gruau de riz au kimchi. Voilà qui devrait achever de les rassasier, me dis-je, mais ils réclament encore un onigiri grillé par-dessus le marché, qu'ils se partagent.

16h45. Ils ont passé trois heures et demie à manger et à boire, tous les deux. Quittant l'*izakaya*, ils regagnent la rue commerçante, passent devant la gare et, sans plus s'arrêter, rejoignent le terminal de bus. Si la femme à la jupe violette marche encore droit, son compagnon, lui, a l'air en bien piètre état. Je continue de les filer, non sans me retourner régulièrement pour jeter des regards derrière moi. Pour une raison simple : je suis partie sans payer les trois demis à la pression, l'assiette de champignons *enoki* au beurre et le bol de calamars lucioles marinés que j'ai commandés à l'*izakaya*. Je crains de voir un serveur se lancer à ma poursuite, mais il n'en est rien.

17h01. Après avoir dit quelques mots au directeur assis sur un banc de la gare routière, la femme à la jupe violette se dirige vers un magasin proche, d'où elle revient avec une boisson énergisante. Prenant place à côté de lui, elle ouvre la bouteille et la lui tend. Il en prend d'abord une gorgée, après quoi ils boivent à tour de rôle.

Un bus arrive bientôt, à 17h05. Mais ils ne montent pas à bord. Blême, le directeur marmonne quelque chose à la femme à la jupe violette, qui agite la main devant son visage : « Si je monte maintenant, je vais vomir. » Il se précipite aux toilettes peu après. Restée seule sur le banc, la femme à la jupe violette termine la boisson énergisante. Puis elle inspecte ses ongles. Son attitude me rappelle celle de Mei, ma camarade de primaire.

À 17h15, le directeur reparaît, visiblement plus frais. *Ah, désolé, désolé*, bafouille-t-il en s'essuyant la bouche à l'aide d'un mouchoir, tandis que la femme à la jupe violette se lève à son tour pour aller aux toilettes. Le directeur consulte son téléphone en l'attendant. Soudain, il lève le nez et se tapote la tête du plat de la main, paniqué. « Zut, où est-elle ? » laisse-t-il échapper. Il ouvre son sac posé à côté de lui. « Ah, la voilà », dit-il, avant d'en sortir sa casquette, qu'il coiffe aussitôt. Puis de fouiller son sac de plus belle. *Zut, zut, zut.*

Cette fois, il fait chou blanc. L'objet de ses recherches : ses lunettes de soleil. Qu'il a oubliées sur un coin de table, à l'*izakaya*. Celles-là mêmes qui se trouvent à présent sur mon nez. Rien à voir avec celles que j'ai achetées au tout à cent yens, au passage : en dépit de leur taille massive, elles sont légères comme l'air. Une des branches porte une inscription gravée en lettres d'or : *Tomohiro*.

Lassé par ses efforts infructueux, le directeur renonce à chercher et referme son sac. Il enfonce un peu plus sa casquette, aussi, comme pour remédier à l'absence de lunettes noires.

À 17 h 35, un bus arrive, rempli de lycéennes transportant des raquettes. La femme à la jupe violette demande au directeur s'il préfère attendre le suivant. « Non, montons », répond-il.

J'embarque après eux. Je parviens heureusement à me positionner dos à eux dans l'étroite allée du véhicule. Plus je reste proche, plus je passerai inaperçue. Voici peu ou prou à quoi ressemble leur conversation :

LA FEMME À LA JUPE VIOLETTE : Je ne sais pas quoi offrir à ma nièce pour son anniversaire…

LE DIRECTEUR : Tu n'as toujours pas décidé ?

LA FEMME À LA JUPE VIOLETTE : Non.

LE DIRECTEUR : Une peluche ?

LA FEMME À LA JUPE VIOLETTE : Bonne idée…

LE DIRECTEUR : Elle a un an, c'est ça ?

LA FEMME À LA JUPE VIOLETTE : Non, ça, c'est mon neveu. Ma nièce a six ans.

LE DIRECTEUR : Ah, oui.

Tu parles d'une conversation. Tous deux continuent de bavasser sur leurs histoires de cadeau d'anniversaire. Pour arriver finalement à cette conclusion : « Mieux vaut demander au frangin ce qui pourrait faire plaisir à la petite quand tout le monde se retrouvera chez les parents. » Le « frangin » en question étant, semble-t-il, le frère aîné de la femme à la jupe violette.

Le directeur, de son côté, a une fille qui devrait bientôt être en âge d'aller à l'école, mais pas une seule fois il n'en est question. Ne me dites pas que la femme à la jupe violette n'est pas au courant, quand même ? Cela dit, c'est bien la première fois que je l'entends parler d'une famille, d'un frère, d'une nièce ou d'un neveu.

À 18 h 05, ils descendent tous les deux du bus. Arrêt habituel, paysage familier. Ils marchent main dans la main, quelques mètres devant moi. Franchissant le passage piéton, ils traversent l'arcade et entrent dans la boulangerie habituelle. Sur son plateau, la femme à la jupe violette dispose deux brioches à la crème et un sandwich en triangle, avant de passer à la caisse. Total : Sept cent quarante yens.

À ce stade, personne n'a encore rien remarqué. Comment réagiront les gens de la galerie marchande lorsqu'ils s'apercevront que la femme qui se promène actuellement en couple n'est autre que la femme à la jupe violette ?

« Regardez, la femme à la jupe violette est rentrée en compagnie d'un homme ! »

Dans mon imagination, le premier à s'en rendre compte serait sans nul doute un passant. Il ferait irruption dans le magasin le plus proche pour en informer le gérant en soufflant comme un phoque. Le commerçant ferait passer le message au gérant de la boutique suivante, qui à son tour transmettrait à son voisin. Les clients sortiraient précipitamment, oubliant leurs achats, et les simples passants se rangeraient sur les côtés pour ouvrir la voie au couple, formant une haie d'honneur, comme dans un mariage. « Félicitations ! » s'écrierait quelqu'un, incapable de se retenir. Jusque-là cachés à l'ombre des panneaux, les enfants sauteraient partout en sifflant. « Tenez, prenez ! » lancerait le poissonnier en leur fourrant une dorade dans les mains tandis que le fleuriste leur offrirait un beau bouquet et le caviste une bonne bouteille. La caméra de la télévision locale, en stand-by depuis un moment, ferait un gros plan sur leurs visages pendant qu'on leur pointerait un micro sous le nez. « Que ressentez-vous en cet instant ?! » Alors que la femme à la jupe violette plongerait son regard dans l'objectif, une forme apparaîtrait furtivement dans un coin de l'image. Qu'est-ce que ça peut être ?

« Ah ! »

« C'est la femme au cardigan jaune ! »

Quittant la boulangerie, ils reprennent leur promenade et progressent une dizaine de mètres sans que personne ne leur prête attention.

Ils continuent ainsi, main dans la main ou bras dessus bras dessous, marchant devant le drugstore, l'épicerie en vrac, la poissonnerie, la boucherie, le primeur, le fleuriste ou encore la boutique de saké. Pas un seul passant, commerçant, client ni qui que ce soit d'autre présent dans la galerie marchande ne reconnaît la femme qui vient de passer devant ses yeux comme la femme à la jupe violette.

Sans qu'on les remarque, tous deux sortent de la galerie pour rejoindre le quartier résidentiel plongé dans l'obscurité. Ce soir-là, le directeur dort chez la femme à la jupe violette.

Le lendemain se trouve être le premier lundi du mois.

Autrement dit, c'est le jour où le gérant participe à la réunion matinale.

« Dix serviettes de bain, dix essuie-mains, cinq tapis de bain, dix tasses avec soucoupe, cinq verres à vin, cinq flûtes à champagne, trois théières. »

Il énumère la liste inscrite sur son carnet, la mine exceptionnellement sévère.

« Nous n'avons pu déterminer si c'étaient les clients qui les avaient emportés ou s'ils se sont égarés au sein même de l'hôtel… »

Laissant sa phrase en suspens, il nous dévisage avec insistance, chacun notre tour.

« Et tout ceci, ce n'est que pour le mois dernier. J'ai du mal à croire qu'ils se sont tout simplement volatilisés. Je ne puis m'empêcher de penser qu'ils ont été subtilisés volontairement. À partir d'aujourd'hui, outre les chefs d'étage, chaque membre du personnel devra circuler avec une check-list, à remplir impérativement pour chaque chambre. Est-ce bien clair ? »

À peine est-il parti que les protestations fusent au sein de l'équipe.

« À l'entendre, ils nous soupçonnent ?

— Pour qui il se prend ? Vérifier ? Et puis quoi encore ! Il n'a qu'à venir voir par lui-même, si ça lui chante. Pas vrai ?

— Mais oui ! Et puis d'abord, qu'est-ce qu'on irait faire avec dix ou vingt tasses ou verres ou je ne sais quoi ? Les utiliser chez nous, peut-être ?

— Ça nous ferait une belle jambe !

— Il se la raconte de plus en plus, ce gérant, tout ça parce que le directeur lui cire les pompes.

— Pourtant, le directeur est plus âgé, non ? Il devrait lui rabaisser le caquet !

— Le directeur ? On parle bien du même ? Penses-tu, il a la tête ailleurs…

— Au fait… vous avez remarqué ? Ils sont absents tous les deux, aujourd'hui.

— Comme hier, d'ailleurs.

— Ben mon vieux ! Ils s'embêtent pas !

— Tu sais combien elle est payée, la petite chouchoute ?

— Combien ?

— Mille yens de l'heure. Mille !

— Tant que ça ? Mais c'est plus que les chefs !

— C'est vrai, cette histoire ? (La cheffe Tsukada, qui jusque-là écoutait la conversation en silence, tend le cou.) C'est vrai que la favorite est payée mille yens de l'heure ? »

La vérité à ce sujet n'est pas claire, ce qui n'empêche pas la rumeur de se répandre comme une traînée de poudre. Résultat, l'intéressée se fait soudain une flopée de nouveaux ennemis, sans même le savoir. Maintenant que leur relation est connue de tous, plus personne n'appelle la femme à la jupe violette par son nom ; les cheffes commencent même à l'ignorer, bientôt imitées par le reste de l'équipe.

L'avantage de ce travail, cependant, c'est qu'il n'y a pas véritablement d'inconvénient à être ignoré des autres.

Ayant déjà fini sa formation, la femme à la jupe violette est pleinement capable d'accomplir sa tâche seule, sans parler à quiconque de la journée. Elle n'a pas besoin de communiquer avec qui que ce soit. Aussi continue-t-elle de déambuler avec la même insouciance.

Même lorsqu'elle croise des collègues dans le couloir, elle garde sa mine sereine – et ce, même s'il s'agit d'anciens. Une fois, alors que je m'apprête à prendre l'ascenseur, je manque de percuter la femme à la jupe violette qui en sort justement. Ou plutôt devrais-je dire que le sac-poubelle qu'elle tient à la main entre en collision avec la partie inférieure de mon corps. L'impact me fait perdre l'équilibre, et je tombe par terre, sur les fesses. La femme à la jupe violette, elle, s'éloigne sans dire un mot ni même me jeter un regard.

Après avoir fait mine de ramasser des moutons de poussières sur le tapis, je reprends mes esprits et emprunte l'ascenseur. Une odeur doucereuse flotte dans la cabine : celle du parfum que porte la femme à la jupe violette. « Une odeur de banane pourrie », comme la décrit à présent la cheffe Tsukada. « On sait toujours par où est passée la favorite : suffit de renifler ! »

Est-ce le directeur qui lui a demandé de le porter ? Il n'y a pas que le parfum ; parfois, la femme à la jupe violette arbore même du vernis à ongles. Fantaisie qui nous est interdite, bien sûr. La cheffe Hamamoto n'a pas manqué de lui donner un avertissement lorsqu'elle s'en est aperçue, mais la femme à la jupe violette l'a plantée là sans dire un mot. C'est à ne plus savoir qui ignore qui, dans cette histoire.

Au passage, le directeur ne s'est pas contenté de dormir une seule nuit, chez la femme à la jupe violette. Il lui rend plusieurs fois visite après ce fameux dimanche. Parfois, il reste dormir après leur rendez-vous, parfois, il vient après le travail. Si je consulte mes notes, il y a passé la nuit du lundi, deux semaines plus tôt. Le mardi, non. Mercredi, non plus. Jeudi, oui. Vendredi, samedi, dimanche : non. Cette semaine, il est resté le lundi. Mardi, non. Mercredi non plus. Le jeudi, je m'attendais qu'il reste, mais il a fini par rentrer chez lui au bout de deux heures.

Qu'il y passe la nuit ou non, ils ont, semble-t-il, convenu que le directeur lui rende visite les lundis et jeudis.

Au lendemain de leur nuit ensemble, la femme à la jupe violette sent encore plus fort. Lorsqu'elle ouvre la porte du réfectoire, tous les membres du personnel se bouchent le nez avec une grimace, avant de quitter leur siège comme un seul homme. Sans se départir de son calme habituel, elle s'installe, seule, à une table pour six qui vient de se libérer pour y boire son thé d'orge gratuit.

Il n'y a pas que sur le lieu de travail que le vent tourne : dans sa vie privée, aussi, les choses ont changé. Depuis qu'elle a commencé à fréquenter le directeur, la femme à la jupe violette n'est plus apparue au parc. « Aujourd'hui non plus, Mayu n'est pas là… », constatent les enfants, visiblement déçus. Au bout de deux semaines, ils cessent même de prononcer son nom. Depuis quelque temps, la mode est aux unicycles. Tous ne disposent pas du leur : il n'y en a que deux pour tout le groupe, qu'ils enfourchent à tour de rôle, quand ils ne font pas une course de relais par équipes autour du parc. Il leur arrive parfois de sortir du square pour foncer sur le trottoir ou la chaussée lors des courses les plus endiablées. Même sous les klaxons des voitures et les cris des passants, les enfants s'amusent comme des petits fous. Le circuit les mène jusqu'à l'école primaire avant de les ramener au square ; pas une seule fois, pourtant, ils ne reconnaissent la femme parfumée qui se tient devant la cabine téléphonique de la supérette comme leur amie Mayu.

Ces derniers temps, « Mayu » arbore des ongles pointus, peints en rouge. De ses doigts ainsi parés, « Mayu » presse les touches du téléphone public. Elle compose un numéro, raccroche, compose, raccroche, encore et encore. Elle recompose le numéro, raccroche, compose et raccroche, compose, attend un moment et raccroche. Avant de claquer la langue. En congé, elle y passe la journée entière. Tôt le matin, tard le soir, quelle que soit l'heure. Inlassablement, obstinément, elle appelle et raccroche. Grâce à ce manège, même moi, j'ai fini par mémoriser le numéro de téléphone personnel du directeur.

Ces derniers temps, la femme à la jupe violette se trouve dans la tourmente.

Elle se morfond toute seule, à toute heure de la journée. Ses problèmes ne sont pas de ceux dont on peut discuter avec autrui. De toute façon, elle n'a personne à qui se confier. Car la femme à la jupe violette n'a toujours pas d'amis.

Elle semble bien déterminée à dissimuler la nature de sa relation avec le directeur. Lorsqu'on la taquine à ce sujet sur le lieu de travail, elle nie avec véhémence.

« “Nous ne sommes pas ensemble!”, qu’elle a dit.
— Ahaha. Tu l’imites très bien.
— Elle espère encore le cacher ?
— Quelle indécence…
— Vous savez, cette manie qu’elle a de verrouiller la porte de l’intérieur quand elle fait le ménage ? C’est dégoûtant. Qui sait ce qu’elle peut bien fabriquer là-dedans !
— Peut-être que le directeur s’y cache. Hahaha.
— Chut ! »

La femme à la jupe violette entre dans l’ascenseur. Aussitôt, le silence s’abat dans la cabine. À peine est-elle sortie que les commérages reprennent.

« Quelle puanteur ! Encore cette odeur de banane pourrie !
— Vous avez vu ses ongles ? Ils sont rouge sang !
— Vous savez quoi ? Il paraît que le gérant l’a réprimandée pour ça. Et qu’à la prochaine infraction il va la saquer.
— J’espère bien, qu’il va la saquer. Enfin, tu sais combien elle est payée, celle-là ?
— Combien ?
— Mille cinq cents yens de l’heure, figure-toi, mille cinq cents ! »

La rumeur enfle, toujours plus folle. Plus les ragots se multiplient à l’endroit de la femme à la jupe violette, plus l’équipe semble soudée.

Tant et si bien qu’on en vient à évoquer la possibilité d’aller tous ensemble au siège social de l’entreprise afin d’en référer à la direction et d’obtenir le renvoi de « la favorite du directeur », dont on ne saurait plus tolérer la présence. Mais c’est alors qu’un incident se produit, à point nommé.

On rapporte que certains articles mis en vente à la kermesse d'une école primaire pourraient provenir des fournitures de l'hôtel.

L'informateur reste anonyme. On dépêche aussitôt un responsable de l'hôtel sur les lieux, lequel confirme qu'il s'agit bien là d'articles ayant disparu de notre hôtel. Il y a là dix serviettes, dix essuie-mains, cinq tapis de bain… Le nombre et la description des produits correspondent en tous points à la liste des articles portés disparus le mois dernier.

Quant aux vendeurs ? Il s'agit d'enfants fréquentant l'école. « On nous a juste demandé de tenir le stand », auraient-ils déclaré. Une dame, selon eux, qui leur aurait promis de l'argent de poche en échange…

« Ce n'est pas que je vous soupçonne, vous. »

Lundi. Pour ce qui est sa deuxième prise de parole en réunion ce mois-ci, le gérant s'exprime avec un calme inhabituel.

« Les équipes de ménage ne sont pas les seules à entrer et sortir des chambres. Il y a également les clients, bien entendu, mais aussi les grooms, le room-service, les techniciens, ainsi que toutes sortes de personnes extérieures sans lien particulier avec l'hôtel. Si je me tiens ici, face à vous, aujourd'hui, c'est pour vous tenir exactement le même discours que la dernière fois : je vous prie de vérifier systématiquement les fournitures dont vous disposez. Et si certains manquent, veuillez les signaler immédiatement à votre responsable. Toute personne qui échoue à signaler les objets manquants ou qui valide quand même la liste, bref toute personne qui tentera de dissimuler les faits devra répondre de ses actes. Je vous en supplie. Soyez honnêtes. Si vous avouez maintenant, vous ne serez pas poursuivi. Mais si, passé un certain délai, personne ne se présente, nous nous verrons contraints de faire appel à la police afin de diligenter une enquête pour vol. Alors, je vous le redis : dénoncez-vous maintenant, et vous échapperez aux poursuites. La direction a donné son accord. Ce sera tout pour aujourd'hui. Si vous avez des questions, n'hésitez pas à me contacter sur mon téléphone personnel. Je vous répondrai dans un délai de vingt-quatre heures. Je vous promets une confidentialité absolue. »

Il a beau dire qu'il ne nous soupçonne pas, il a l'air persuadé que le coupable se trouve parmi nous ! protesteraient d'ordinaire les cheffes, mais cette fois, elles l'écoutent en silence. Elles semblent partager les soupçons du gérant quant à l'identité du coupable. Et elles ne sont pas les seules : tous les membres du personnel suspectent une certaine employée. Ils ont une bonne raison à cela : l'école primaire où a été écoulée la marchandise se situe dans le voisinage immédiat de l'appartement de la personne en question.

« C'est forcément Hino.

— Oui, oui.

— Après tout, elle habite juste à côté. Ça ne peut être qu'elle.

— Je me demande si le directeur est au courant.

— Ne me dites quand même pas qu'il serait derrière tout ça ?

— Mais pourquoi ?

— Eh bien, pour l'argent, bien sûr !

— Enfin, c'est d'une kermesse qu'on parle, ça ne doit rien rapporter du tout…

— Donc, d'après toi, il aurait de sérieux problèmes financiers ?

— Il va devoir divorcer d'avec sa femme, non ?

— Hein ? Il divorce ?

— Puisqu'il s'en est trouvé une nouvelle !

— Mais non, il ne va pas divorcer. L'autre jour, il m'a raconté qu'il était parti en vacances sur l'île d'Ishigaki avec sa femme, pour fêter leurs dix ans de mariage. Il n'arrêtait pas de pérorer d'un air béat, alors que je ne lui avais rien demandé.

— Ça alors ! Il va jeter l'autre ?

— Peut-être fait-elle ça justement pour l'embêter.

— Je vois. C'est bien possible.

— Chut ! La voilà. »

La femme à la jupe violette apparaît en silence devant l'ascenseur, la mine toujours aussi indifférente.

« Voleuse, souffle la cheffe Tsukada, peut-être agacée par son attitude.

— Pardon ? »

La femme à la jupe violette tourne la tête dans la direction de la voix. C'est la première réaction dont elle fait preuve depuis longtemps.

« Je ne suis au courant de rien…

— Ben voyons, rétorque Tsukada. Alors même que cela se passe à deux minutes de chez vous ?

— Et alors ? Qu'essayez-vous de dire, au juste ? »

La femme à la jupe violette fusille la cheffe Tsukada du regard.

« Vous verrouillez toujours la porte de l'intérieur quand vous faites le ménage, fait valoir la cheffe Hamamoto. Que faites-vous dans ces chambres closes ?

— Je ne vois pas ce que ça peut vous…

— On t'a demandé ce que tu y faisais ! l'interrompt Tsukada.

— … Je bois du café, répond la femme à la jupe violette d'une toute petite voix.

— Celui destiné aux clients ?

— Oui.

— C'est tout ?

— … Il m'arrive de manger des sucreries.

— Elles sont payantes.

— Certes, mais…

— Tu as entendu ? Payantes ! »

Quelle morue ! murmurent les collègues présents.

« Attendez une minute. Tout le monde le fait, n'est-ce pas ? Il n'y a pas que moi. D'ailleurs, vous-même, cheffe Tsukada…

— Quoi, moi ?

— C'est vous qui, la première, me l'avez appris. Que je n'avais qu'à verrouiller la porte de l'intérieur lorsque je bois du café. Que la réception saura si on essaie de regarder une chaîne payante, mais qu'on peut se servir dans les sucreries, parce que c'est facile à cacher. C'est bien ce que vous m'avez dit ? Je n'ai fait que suivre vos conseils. »

La cheffe Tsukada pousse un soupir.

« Eh bien dis donc. On rejette la faute sur les autres ?

— Vous me l'avez dit, avouez ! Qu'il y avait même une cheffe qui buvait du champagne en travaillant… vous parliez de Tachibana, n'est-ce pas ! La bouteille d'eau qui dépasse de son sac est remplie de champagne !

— Et vous m'avez prise au sérieux ? (Hamamoto lève les yeux au ciel.) Ridicule. C'était une plaisanterie, évidemment ! »

Éclat de rire général. Même la cheffe Tachibana s'esclaffe.

« J'ai beau aimer l'alcool, jamais je ne ferais une chose pareille ! »

Soudain, la femme à la jupe violette s'empare du sac qu'elle porte à l'épaule.

« Ah ! Qu'est-ce que vous faites ! »

Elle en sort une gourde turquoise, dévisse le bouchon et en renifle le contenu.

« Rendez-moi ça ! »

Une des plus anciennes employées lui arrache la gourde des mains pour la rapporter à sa propriétaire.

« Qu'est-ce qui vous prend, tout à coup ? Qu'est-ce que c'est que ces manières !

— Elle est remplie de thé d'orge, et non d'alcool, ne vous en déplaise. »

La cheffe Hashimoto revisse le capuchon et lève la tête avec dédain.

« Mais puisque vous êtes si sûre de vous, pourquoi ne pas vérifier celles de toutes les collègues ? lance la cheffe Tsukada. Commencez donc par la mienne. »

Elle sort une bouteille de son sac et la brandit sous le nez de la femme à la jupe violette.

« Tiens, voilà la mienne.

— Et la mienne.

— La mienne aussi, là !

— Et après, c'est moi. »

Chacune à son tour, les collègues sortent thermos et bouteilles en plastique de leurs sacs, qu'elles débouchent avant de les lui présenter à la figure.

La femme à la jupe violette se trouve bientôt acculée. Elle fixe en silence cette forêt de bouteilles alignées devant ses yeux.

Mais à mieux y regarder, le bout de son nez s'agite en tous sens, reniflant chaque récipient afin de vérifier qu'il ne contient pas d'alcool. Son attitude provoque un nouvel accès d'hilarité collective.

« Dites, elle ne serait pas un peu fofolle, celle-là ? »

Il n'est encore que 9 heures du matin. Le travail va bientôt commencer. Pas une seule des bouteilles encerclant la femme à la jupe violette ne sent l'alcool.

Elle finit par tendre le cou en direction d'une gourde un peu à l'écart. Aussitôt, les rires redoublent.

« Idiote ! Elle ne boit même pas ! »

À ces mots, la femme à la jupe violette lève la tête.

« Enfin ! Il suffit d'un regard pour deviner qu'elle n'a jamais bu une goutte d'alcool, celle-là ! »

L'espace d'une seconde, enfin, nos yeux se rencontrent, pour la première fois.

La femme à la jupe violette est la première à se détourner. Elle pose le regard sur ma bouteille fermée, sans aller plus loin.

« Eh bien, nous voilà fixées, décrète la cheffe Tsukada. Personne, dans cette pièce, n'a quoi que ce soit à se reprocher. À part toi.

— Vous feriez mieux de reconnaître vos torts, au lieu d'accuser les autres.

— Exactement ! Et puis, le gérant n'a-t-il pas dit que le coupable ne serait pas poursuivi, de toute façon ?

— Alors quoi, tu préfères qu'on appelle les flics ?

— C'est quoi, ces yeux !

— T'as un problème ?! »

La femme à la jupe violette soutient crânement leur regard, avant de se retourner soudain pour courir vers l'entrée de service.

« Eh, attends une minute, où tu vas comme ça ?!
— Et le travail, alors ?! »
La femme à la jupe violette n'est plus jamais revenue.

Le soir même, après le travail, je me rends à l'immeuble délabré où réside la femme à la jupe violette.

Je m'attendais à la trouver chez elle, mais il n'y a pas de lumière dans son appartement. L'oreille collée à sa porte, je tente d'épier ses mouvements. Pas le moindre bruit à l'intérieur.

Je reste un moment à l'affût, tapie dans l'ombre du couloir. Trente minutes s'écoulent. Je m'apprête à quitter mon poste pour rejoindre le parc lorsque je remarque une voiture à l'approche dans la rue déserte.

Le véhicule s'arrête devant l'immeuble. Un modèle familier, à la carrosserie noire. Nous sommes lundi. Je coche la date dans mon carnet.

La porte s'ouvre côté conducteur pour laisser paraître la silhouette enrobée du directeur. Il gravit lentement l'escalier extérieur.

Arrivé à l'étage, il s'arrête devant la porte du fond et frappe discrètement. À plusieurs reprises, pendant une dizaine de minutes. Soudain, la fenêtre, jusqu'à présent sombre, s'illumine. La porte s'ouvre, et la femme à la jupe violette passe la tête. Je croyais pourtant qu'il n'y avait personne ?

Ils échangent quelques mots, puis le directeur tente de forcer le passage. La femme à la jupe violette l'en empêche, catégorique. « Je t'interdis de mettre les pieds ici ! »

Elle lui demande ensuite comment était le séjour à Ishigaki. Le fameux voyage pour fêter ses dix ans de mariage… Visiblement, elle n'en a eu vent que ce matin, en surprenant les commérages des cheffes.

« Cela n'a aucun rapport ! s'exclame le directeur.

— Bien sûr que si ! s'emporte la femme à la jupe violette.

— Je ne suis pas venu pour parler de ça.

— Qu'est-ce que tu fiches ici, alors ?

— C'est au sujet des vols, répond le directeur en baissant la voix.

— Alors, toi aussi, tu me soupçonnes ?

— C'est-à-dire que… (Le directeur jette un coup d'œil dans l'appartement.) Tu as des objets volés chez toi, non ? Des tasses, des verres…

— C'est pour mon usage personnel, se défend la femme à la jupe violette. Je ne les revends pas.

— Et puis, enfin, l'école où ont été revendus les articles volés est à deux pas de chez toi.

— Mais puisque je te dis que jamais je ne ferais une chose pareille !

— Chut ! Pas si fort. Calme-toi.

— Pourquoi est-ce si dur d'envisager qu'une autre personne ait pu les mettre à la kermesse ? Pourquoi serait-ce forcément moi ? Parce que tu ne m'aimes plus, voilà pourquoi ! La preuve, tu as emmené ta femme à Ishigaki !

— Mon voyage à Ishigaki n'a rien à voir avec tout ça ! »

Un claquement sec retentit : le directeur a giflé la femme à la jupe violette.

« Aïe ! s'écrie-t-elle. Tu m'as fait mal, espèce de brute !

— P-pardon, je ne voulais pas. Je suis désolé. Je t'en supplie, calme-toi, essaie de m'écouter deux minutes… La vérité, c'est qu'on me soupçonne, moi aussi. Ils sont au courant de notre liaison, il se murmure même que c'est moi qui suis derrière tout ça. Ce qui est complètement ridicule, ça n'a aucun sens, qu'est-ce que j'irais faire à la kermesse, moi… Oh, bon sang, quel enfer, je suis vraiment dans la mouise.

— Que veux-tu dire ?

— Tu le sais très bien. Qu'est-ce que je suis venu faire ici, à ton avis ? Hein ? Tu n'as pas une petite idée ? Je vais te le dire, alors : je suis venu te demander de témoigner.

— Témoigner ?

— Parfaitement. Tu vas dire au gérant que je n'ai rien à voir avec tout ça et que tu as tout fait toute seule.

— Pardon ?! (La femme à la jupe violette hausse le ton.) Mais je n'ai rien fait !

— C'est un mensonge, et tu le sais.

— Je ne mens pas !

— Bien sûr que si, arrête ! Tu passes ton temps à distribuer les bonbons et les fruits de l'hôtel aux écoliers du quartier. Ça aussi, ça appartient à l'hôtel. Non, qu'est-ce que je dis, ils sont destinés aux clients. Tu as volé les objets réservés aux clients pour les refourguer à tes petits gamins. Lesquels ont revendu verres et serviettes à la kermesse. Le savais-tu ? Un de ces mouflets a déclaré qu'une dame lui avait demandé de le faire. Mais évidemment, que tu le savais.

— Je n'en savais rien ! Je te le jure !

— Tu as profité de ta position d'employée pour faire ton petit trafic.

— Tais-toi, la ferme ! Quelle position d'employée ? Ne joue pas les patrons avec moi. Tu crois que je n'ai pas repéré ton petit manège ? Tous les jours, tu fais la sieste dans les chambres. Tu verrouilles la porte de l'intérieur et, à ton réveil, tu bois le café mis à disposition de la clientèle, en laissant la vaisselle sale.

— Et alors ? Tout le monde le fait.

— Ce n'est pas tout. Quand Reina Igarashi, l'actrice, est descendue à l'hôtel, tu as volé ses dessous, pas vrai ?

— Hein ?

— Je le savais ! Je me suis demandé ce que tu fabriquais, le dos courbé devant sa chambre. Tu farfouillais dans le sac de linge sale accroché à la poignée de sa porte. Et tu en as sorti un article en dentelle rouge, que tu as glissé dans la poche de ton pantalon ! C'était une petite culotte ! Quelle horreur… Je n'arrive pas à y croire. Tu me dégoûtes, espèce de sale pervers !

— A-arrête !

— Pervers ! Pervers ! Saloperie de pervers !

— Je te dis d'arrêter.

— Aïe ! Bas les pattes ! Puisque c'est comme ça, je vais tout leur raconter ! Je vais le dire à ta femme, au siège, au gérant !

— Tu vas te taire, oui ! »

Le directeur empoigne la femme à la jupe violette par les épaules.

« Ça suffit ! Arrête ! Si tu fais ça, tu vas le regretter ! »

Il la secoue d'avant en arrière, si violemment que son cou émet des craquements sinistres. Mais elle n'est pas en reste : dès la première occasion, elle dégage le poing, se baisse et martelle le ventre du directeur, qui chancelle avec un grognement. Elle en profite pour lui asséner un coup de pied à l'entrejambe, avant de le gifler pour faire bonne mesure. Il s'agrippe à la rambarde de l'escalier extérieur de ses deux mains pour se stabiliser. Mais la rampe, rongée par la rouille, n'est plus assez solide pour supporter son poids. Avec un affreux grincement, elle se détache de sa base, et le directeur dégringole, tête la première.

S'est-il mal réceptionné ? Il reste étendu, inerte, sur la terre brune.

La femme à la jupe violette descend l'escalier en tremblant.

« T… Tomo… »

Elle s'agenouille à son chevet, les mains tendues.

« Tomo… Tomo… »

Elle l'appelle en lui secouant l'épaule.

« Tomo… Tomo… Tomo… Dis, Tomo, reprends-toi, allez, Tomo ! Tomo ! Tomo ! Tomo ! Enfin, Tomo ! !

— Chut. Moins de bruit », lui dis-je.

La femme à la jupe violette se retourne vers moi. Son visage exsangue ruisselle de larmes et de morve.

« Vous voulez bien me laisser regarder ? »

Je m'accroupis entre eux.

Je commence par soulever le poignet droit du directeur, puis le gauche. Je place deux doigts sous sa mâchoire, approche mon oreille de ses lèvres. La femme à la jupe violette me regarde faire en silence. Après quelques instants, je relève la tête.

« Je regrette, mais il est mort. »

La femme à la jupe violette marmonne quelque chose, d'une voix trop faible pour être entendue. Quelque chose comme *je n'y crois pas…*

« Je n'y crois pas… c'est impossible…

— Il a dû faire une mauvaise chute. Son cœur s'est arrêté net.

— Non… Non, non, c'est impossible, dites-moi que c'est faux ! Je n'y crois pas, c'est impossible. »

Je secoue la tête. « Je regrette.

— Non, non ! Tomo, je t'en supplie, réveille-toi ! Tomo ! »
Elle le secoue de plus belle.

« Ce n'est pas comme ça que vous le ramènerez à la vie ! dis-je en lui saisissant le poignet. Ressaisissez-vous, regardez la réalité en face : le directeur est mort. Rien ne sert d'essayer de le ranimer. Tout ce qu'il vous reste à faire, c'est de fuir d'ici, tout de suite.

— Fuir… ? »

J'acquiesce d'un hochement de tête. « Il ne faut pas traîner. La police va bientôt arriver.

— La police… ?

— Un voisin a donné l'alerte après vous avoir entendus crier tout à l'heure. Il faut déguerpir. Avant que la police n'arrive.

— Qu-qu'est-ce que… ?

— Dépêchez-vous !

— M-mais…

— Pas de mais ! Vous m'entendez ? Vous allez courir jusqu'à l'arrêt de bus. Il y en a un à 20 h 02, en direction de Komori. Prenez-le. Il sera là dans quatre minutes, mais en tant qu'ancienne athlète, en courant de toutes vos forces, vous devriez pouvoir l'attraper. D'après l'horaire, il vous déposera devant la gare à 20 h 34. De là, vous prendrez le train. Tâchez de trouver l'express pour Yamasaka – ça s'écrit avec le "yama" de Yamaguchi et le "saka" d'Ôsaka. Dans un casier de la consigne automatique à la sortie ouest se trouve un sac de voyage noir, n'oubliez pas de l'emporter avec vous. Dedans, vous trouverez un porte-monnaie, une serviette et des vêtements de rechange pour deux ou trois jours. Dans la poche intérieure du porte-monnaie est rangé un billet de cinq mille yens plié tout petit, vous n'aurez qu'à l'utiliser pour acheter votre ticket, d'accord ?

Le casier contient aussi un sac Boston, un grand sac à dos, un sac de courses et toutes sortes de choses, mais je récupérerai tout plus tard, alors laissez-les pour le moment.

— Euh… excusez-m…

— J'aimerais prendre le train avec vous, mais je n'ai pas les jambes pour attraper le bus de 20 h 02, même en courant à fond. Ne vous inquiétez pas, je prendrai celui de 20 h 22. Pour le train aussi, j'en aurai un ou deux de retard. Ça va aller. J'aurai vite fait de vous retrouver. À ce stade, je pense qu'il vaut encore mieux agir séparément afin de ne pas éveiller l'attention. Oh, et si vous avez faim, vous pouvez utiliser l'argent du porte-monnaie pour acheter un bento à la gare. Et je ne vous ai pas encore dit le nom de la ville où descendre. Comme c'est un express limité, il ne s'arrête que trois fois ; vous descendrez à la troisième gare, celle de Santokuji, qui commence par le caractère signifiant "trois". Trois et trois, c'est facile à retenir. En sortant de la gare, vous verrez tout de suite un hôtel, le Takagi. Ils ont beau se dire hôtel d'affaires, il s'agit d'une simple auberge avec toilettes et douches communes. Vous voudrez bien vous en contenter pour cette nuit ? Une fois enregistrée, vous pourrez vous y reposer. Ah, pardon, j'ai failli oublier ! Voici la clef du casier. Assurez-vous de bien le verrouiller derrière vous. Quant à savoir où la cacher… que diriez-vous de la cabine téléphonique ? Il y en a une, verte, juste à côté de la consigne. Vous n'aurez qu'à la glisser entre les pages de l'annuaire, sous le téléphone.

— Non, attendez…

— Je comprends votre anxiété à l'idée d'aller dans une ville inconnue, mais le plus important est de bien vous reposer cette nuit. Dès demain matin, nous chercherons un nouvel emploi. Ensemble, de façon systématique, nous contacterons tous les endroits susceptibles de nous fournir un logement en plus du travail. Ne faites pas cette tête. Même si on ne trouve pas tout de suite, j'ai mis tout le nécessaire pour vivre dans le sac Boston : de la nourriture, des vêtements, de l'argent, certes pas beaucoup, mais bon… assez, en tout cas, pour nous permettre de tenir un moment, toutes les deux.

— Non, attendez, ce n'est pas ça, pourquoi…

— Hein ?

— Pourquoi, cheffe Gondô, faites-vous tout ça… ? »

La femme à la jupe violette a cessé de pleurer. Ses deux petits yeux ronds me dévisagent sans détour.

Je secoue doucement la tête. *Je ne suis pas la cheffe Gondô*, dis-je.

« Je suis la femme au cardigan jaune. »

C'est vous, la femme au cardigan jaune ?

J'aurais juré avoir entendu la femme à la jupe violette prononcer ces mots.

Mais en réalité, elle se contente de me fixer sans rien dire.

Tendant la main, je lui pince légèrement le nez.

« Allons, partez. Ne vous inquiétez pas. Je vous rejoins très vite.

— Mais…

— Dépêchez-vous, plus que trois minutes avant le passage du bus ! »

Je pointe de l'index sa montre. Elle se relève enfin, non sans garder le regard baissé, comme préoccupée par le sort du directeur étendu à ses pieds. « Plus que deux minutes ! » À ces mots, elle lève le nez et s'élance. Pour rejoindre l'arrêt de bus, pensé-je d'abord – mais pour une raison quelconque, elle fait aussitôt demi-tour.

« Qu'est-ce qu'il y a ? Allez-y !

— L'argent.

— Hein ?

— Je vais chercher des sous. Sans ça, je ne peux pas prendre le bus.

— Non, tenez, utilisez ça !

— Qu'est-ce que c'est ?

— Vous ne voyez pas ? C'est une carte de transport ! Allez, vite ! Plus qu'une minute ! »

La femme à la jupe violette prend ses jambes à son cou.

Peu après, entendant des sirènes, je quitte les lieux à mon tour.

C'est alors que les ennuis commencent.

N'ayant plus ma carte de transport, je dois d'abord repasser à mon domicile pour y chercher quelque objet de valeur.

Lorsque j'arrive dans l'entrée, à bout de souffle, je trouve un énorme cadenas installé sur ma porte. Je n'ai pas d'autre choix que de briser la fenêtre à l'aide d'un pot de fleurs afin d'entrer.

Heureusement, rien n'a bougé dans l'appartement depuis que j'en suis sortie. Futon et télévision sont toujours près de la fenêtre, quelques sacs en plastique gisent au milieu de la pièce par ailleurs vide. L'électricité a été coupée, semble-t-il. J'ai beau tirer sur le cordon du plafonnier, je n'obtiens rien d'autre qu'un cliquetis vide. Le jeudi précédent, j'ai reçu une lettre du tribunal m'enjoignant de vider les lieux ; dès le lendemain, j'ai trouvé refuge dans un manga café situé face à la gare. C'est à ce moment-là que j'ai mis à la consigne toutes les affaires dont je pensais avoir besoin au quotidien : vêtements, articles de toilette, nourriture et ustensiles de cuisine, sans oublier les objets de valeur, bien entendu. Les casiers sont réservables pour une durée maximale de trois jours. Le matin même, je suis allée en sortir toutes mes affaires pour les transférer dans un autre box.

Si volumineux que soient mes bagages, je n'avais pas tout pris. J'avais dû renoncer à certaines affaires, trop massives pour entrer dans le casier, et abandonner tout ce qui ne me serait pas vital.

Dans le lot, je devrais bien pouvoir trouver quelque chose qui puisse me rapporter de l'argent… Lorsque, après plusieurs heures passées à tâtonner dans l'obscurité la plus complète, je mets enfin la main sur une boîte de biscuits de riz vide (*Souvenirs*, annonce le couvercle), le dernier bus est parti depuis longtemps.

Il aurait été plus rapide de rejoindre la gare à pied, me dis-je en examinant le contenu de la boîte. À l'intérieur se trouvent un porte-clefs en forme de palmier, une carte postale inspirée d'un film d'animation, ainsi qu'une pièce de monnaie commémorative, frappée à l'occasion de quelque exposition universelle.

Le lendemain matin, je monte dans le premier bus, les doigts serrés sur ma pièce de collection.

J'ai beau l'insérer dans l'automate au moment de régler le trajet, elle me revient chaque fois. Alors que je la reprends précipitamment, le conducteur me jette un regard soupçonneux, avant de me tendre la main en silence, comme pour dire : « Allez, donnez-la-moi, votre pièce. »

Il inspecte l'objet – une pièce de monnaie de cinq cents yens frappée de l'inscription *TSUKUBA EXPO'85*. « On n'en voit pas souvent… », marmonne-t-il, avant de fouiller un sac d'effets personnels à la recherche de son portefeuille, dont il sort cinq pièces de cent yens, qu'il échange contre ma pièce commémorative. Voilà qui me soulage, moi qui m'attendais à l'entendre me répondre avec colère que mon trésor était inutilisable. Une fois payé le trajet (deux cents yens), il ne me reste plus que trois cents yens.

Arrivée à la gare, je gagne d'abord la cabine téléphonique. Sur l'étagère sont disposés trois bottins. Je m'apprête à tendre la main pour attraper celui du dessus quand je m'aperçois que la vérification est inutile : d'un coup d'œil sur la droite, je remarque la porte du casier où j'avais rangé mes affaires. Elle n'est pas verrouillée.

Lorsque je l'ouvre, je trouve l'intérieur complètement vide. Visiblement, la femme à la jupe violette n'a eu aucun mal à trouver le jackpot.

Le seul problème est qu'elle ne s'est pas contentée de prendre le sac de voyage noir que je lui ai indiqué, mais aussi le sac Boston, le grand sac à dos et tout ce que je lui ai demandé de laisser sous clef.

A-t-elle mal compris mes explications précipitées ? Quoi qu'il en soit, elle devait être bien chargée au moment de prendre l'express.

Postée près du guichet automatique, je tente de repérer des femmes à l'air avenant pour les interpeller. « Auriez-vous cent yens, s'il vous plaît ? » demandé-je à trois d'entre elles, qui me donnent chacune une pièce, sans hésiter.

À ma quatrième tentative, je me rends vite compte de mon erreur. « J'appelle un employé de la gare », menace la femme que j'aborde, qui semblait pourtant gentille à première vue.

Je prends la fuite, paniquée. Je voulais vraiment rassembler les quatre mille deux cents yens nécessaires à payer l'express spécial, mais je n'ai pas le choix. Je vais devoir faire avec ce que j'ai. J'achète donc le ticket le moins cher au distributeur et monte à bord du train de 7 h 20.

Il me faut près de six heures pour atteindre ma destination, la gare de Santokuji – la faute à une série d'incidents, provoqués notamment par un voyageur malade et un feu de signalisation défectueux. Je dois changer cinq fois de train, mais pas une seule fois on ne contrôle mon billet, par chance. À 13 h 25, j'arrive enfin en gare de Santokuji. Elle est déserte. Insérant mon ticket dans la boîte en bois disposée sur le guichet, je rejoins le lieu de rendez-vous : l'hôtel Takagi.

Le réceptionniste fait sans doute une sieste.

Je dois sonner plus de cinquante fois à l'accueil avant de le voir apparaître avec un bâillement derrière la partition. « Je n'ai vu personne correspondant à cette description, me répond-il lorsque je l'interroge.

— Ce n'est pas possible, protesté-je. Elle a dû s'enregistrer hier soir, peu avant 23 heures. »

Si elle a réussi à attraper le bus de 20 h 02 – et à supposer que la correspondance avec le train express se soit déroulée sans accroc –, la femme à la jupe violette a dû rallier Santokuji à 22 h 50. Si l'hôtel n'était pas complet, elle y a forcément pris une chambre.

Le réceptionniste feuillette laborieusement un cahier. *Registre des hôtes*, est-il écrit sur la couverture.

« La nuit dernière, sont descendus chez nous un, deux, trois… cinq clients, tous des hommes. C'est tout. Pas une seule femme.

— Elle n'est pas venue ?
— Non.
— Vous êtes sûr ?
— Oui.
— Dans ce cas, où peut-elle bien être en ce moment ?
— Aucune idée. »

La panique m'envahit. Me serais-je trompée de gare ? Ou m'a-t-elle prise à la lettre quand je lui ai dit que je la rejoignais tout de suite, et m'a-t-elle attendue sur le quai, avant de partir se cacher, furieuse, parce que je tardais trop à arriver ?

À pied, j'arpente la gare à sa recherche, et bientôt le centre-ville. Je me garde d'aller voir la police, bien sûr, mais je ne manque pas d'interroger commerçants et passants.

« N'auriez-vous pas vu une femme dans les environs ? La trentaine bien avancée, les cheveux longs… »

Lorsqu'on me demande ce qu'elle portait, je me retiens de justesse de répondre : « Une jupe violette. »

Que portait-elle hier soir, de quelle couleur étaient ses vêtements ? Impossible de m'en souvenir.

Où a bien pu passer la femme à la jupe violette ?

Jusqu'à maintenant, je n'en sais rien.

L'autre jour, une nouvelle recrue nous a rejoints. Elle semble avoir de l'expérience, pour une fois. Elle apprend vite, même si les anciennes se plaignent à qui mieux-mieux qu'on ne l'entend pas quand elle salue. Si l'on suit le schéma habituel, elles n'en finiront pas de la malmener, et elle risque d'abandonner son poste au bout d'un mois. Si seulement il y avait quelqu'un pour lui faire faire des exercices de diction… Hélas, le directeur, qui a autrefois appartenu à un club de théâtre, est toujours hospitalisé.

Nous sommes tous allés lui rendre visite, récemment. Pensant qu'un groupe trop nombreux ne ferait que déranger, nous avons procédé à un tirage au sort afin de décider qui irait. Quatre d'entre nous ont gagné – dont moi –, ce qui n'a finalement pas empêché les autres cheffes de nous accompagner quand même, sans trop qu'on sache pourquoi.

L'établissement où il est hospitalisé, spécialisé dans la rééducation, se situe à dix minutes à pied de notre lieu de travail.

Lorsque nous ouvrons la porte de sa chambre, deux des quatre lits sont vides. Le troisième est occupé par un vieil homme tout maigre, qui regarde une télévision fixée au plafond, allongé sur le dos.

Après quelques minutes d'attente, le directeur est de retour, accompagné de sa femme.

« Patron ! Vous pouvez marcher ! »

Tsukada bondit pour le prendre dans ses bras.

« Ah, attention ! »

Il manque de perdre l'équilibre, mais sa femme est là pour le rattraper.

« Quel soulagement ! J'étais si inquiète… »

Tsukada empoigne la main du directeur, qu'elle secoue avec ardeur.

« Aïe, vous me faites mal. Q-qu'est-ce qui vous prend, tous, pourquoi êtes-vous là ?

— À votre avis ? On est venus vous rendre visite, bien sûr ! répond Tsukada en bombant le torse.

— Je vous remercie de vous être déplacés, dit la femme du directeur en inclinant la tête.

— Même si vous auriez dû appeler pour prévenir, ajoute celui-ci.

— C'est pas faute d'avoir essayé, proteste Tsukada, avant de se tourner vers son épouse. Il semble en bien meilleure forme que je ne le pensais. Me voilà soulagée.

— Oui, merci de votre sollicitude», dit la femme du directeur avec un sourire.

Sa réputation de mégère serait-elle infondée ? D'allure modeste, le visage dénué de tout maquillage, l'épouse du directeur n'a pas lâché la main de son mari depuis qu'ils sont entrés dans la pièce.

« Vous avez bonne mine, aussi, vous allez pouvoir reprendre le travail dès demain, décrète Hamamoto.

— Ne dites pas n'importe quoi. »

Confiant ses béquilles à sa femme, le directeur s'assied sur son lit avec un sourire peiné.

« Quand pourrez-vous quitter l'hôpital ? s'enquiert Tachibana.

— Mercredi dans deux semaines, répond-il.

— Tant mieux !

— Mais je vais devoir garder les béquilles encore un moment et revenir régulièrement à l'hôpital, aussi je ne sais pas quand je pourrai reprendre pleinement mes fonctions…

— Vous pourrez au moins vous occuper de la paperasse. Personne n'ira vous demander d'accomplir un travail physique avec une jambe dans le plâtre, fait valoir Tsukada.

— Certes, mais…

— Tout le monde n'arrête pas de dire combien vous nous manquez, vous savez. En votre absence, le gérant a pris l'habitude d'assister à toutes les réunions. L'ambiance est tendue dès le matin. Pas vrai, vous autres ? »

Le reste de l'équipe acquiesce avec le sourire aux propos de Tsukada.

« Au fait... est-ce que le gérant a dit quelque chose ? demande le directeur.

— À quel sujet ?

— Eh bien, vous savez...

— Au sujet de cette femme ? »

Il hoche la tête.

« Que c'était l'affaire de la police. C'est tout.

— La police, hein... »

Le directeur fronce les sourcils.

« C'est ce qu'il nous avait annoncé lors de la première réunion : qu'à partir de là la police se chargerait de tout. Et que notre tâche, à nous, les employés, était simplement d'attendre, et d'espérer que vous vous rétablissiez le plus vite possible.

— Je vois.

— Mais quelle joie de savoir que vous allez pouvoir sortir si vite, lance Tachibana. Quand j'ai appris que vous étiez tombé du premier étage, j'ai cru que vous alliez mourir !

— Enfin, cheffe Tachibana. Ne dites pas des horreurs pareilles ! »

Hamamoto lui assène un coup de coude.

« Ahaha, je plaisante, bien sûr.

— Moi aussi, j'ai cru mourir, vous savez, dit le directeur. Quand je me suis réveillé à l'hôpital, dans ce décor tout blanc, l'espace d'un instant, je me suis cru au paradis.

— Vous en avez eu, de la chance, de vous en tirer avec seulement une commotion et une jambe cassée.

— Veuillez nous excuser pour tous les désagréments et l'inquiétude occasionnés, dit l'épouse du directeur en inclinant une nouvelle fois la tête.

— Pas du tout, voyons ! réplique Tsukada en agitant les mains. Vous êtes la victime dans cette affaire, monsieur le directeur !

— Mais oui ! C'est cette femme, elle n'a pas arrêté de vous harceler, n'est-ce pas ?

— Dire que nous ne nous sommes doutées de rien… À force de vous voir ensemble, on pensait que vous vous entendiez bien, tous les deux. Je me demandais même s'il n'y avait pas anguille sous roche… Ah, pardon, je ne devrais pas dire ça devant madame.

— Je vous en prie, répond l'intéressée en secouant la tête. Il semblerait que même mon mari ait eu du mal à mettre les points sur les i.

— Comment aurais-je pu ? Alors qu'elle menaçait de s'en prendre à notre fille si je ne lui accordais pas un rendez-vous.

— Quelle horreur… Quelle femme épouvantable ! éructe Tsukada.

— Vous n'avez rien eu ? demande Hamamoto à l'épouse du directeur d'un ton effrayé. Elle n'a pas essayé de vous mettre en danger… ?

— Non. Nous recevions des appels silencieux tous les soirs, mais maintenant que j'y pense, je suis soulagée qu'il n'y ait eu que ça. Moi, passe encore, mais quand je pense à ce qui aurait pu arriver à notre fille…

— C'est vrai. Bien sûr, je ne pourrais pas en dire autant si je n'avais eu la vie sauve, mais je suis bien content que ce soit moi qu'elle ait poussé, plutôt que toi ou Arisa.

— Ne dis pas ça.

— Vous avez raison, madame. Comment pouvez-vous vous réjouir d'avoir été jeté du haut d'un escalier ? Tout ça, c'est la faute de cette femme. Et elle ne s'est pas contentée de vous harceler, elle nous a volés, aussi.

— Non, je suis responsable, moi aussi. Je n'aurais pas dû me rendre seul chez elle.

— Vous êtes trop gentil, patron. Si vous y êtes allé, c'était pour la convaincre qu'il n'était pas trop tard.

— En effet, je lui ai même dit que si elle n'en avait pas le courage, j'étais prêt à l'accompagner pour demander pardon au gérant à sa place.

— Et c'est là que…

— Soudain, elle s'est mise en colère.

— Et elle vous a poussé du haut de l'escalier.

— Quel monstre… »

Le silence s'abat sur la chambre. Le vieux patient s'est endormi devant sa télé. Seules nous parviennent des bribes de son qui s'échappent de ses écouteurs, mêlées à ses ronflements réguliers.

C'est l'épouse du directeur qui finit par rompre le silence.

« Oh, pardon ! Je n'ai même pas songé à prendre des chaises pour vous toutes. Je vais en chercher au poste des infirmières, je reviens tout de suite.

— Ah, non, ce n'est pas la peine, nous allons y aller, répond Tsukada.

— Tenez, des fleurs, dit Hamamoto en lui présentant un bouquet d'orchidées achetées en chemin.

— Et du flan, ajoute Tachibana en lui tendant un sac en papier.

— Merci, il ne fallait pas. Rien ne presse, prenez votre temps. Je vais faire du thé.

— Non, vraiment, nous devrions…

— Je vous en prie, mon mari doit être fatigué de n'avoir que moi à qui parler.

— C'est vrai. Restez un peu, toutes, renchérit le directeur.

— Dans ce cas, laissez-moi vous aider. Je vais emprunter des chaises au poste des infirmières.

— Je t'accompagne.

— Moi aussi.

— Moi, je m'occupe du thé.

— Est-ce que je peux utiliser ce vase ?

— Merci beaucoup. La cuisine est par là. »

Guidées par l'épouse du directeur, les cheffes s'éloignent. Les claquements de leurs pantoufles résonnent dans le couloir.

Le silence revient dans la chambre. La porte glissante se referme lentement, sans un bruit. Le directeur pousse un long soupir.

« Patron, dis-je.

— Ah ! Vous m'avez fait peur… Depuis quand êtes-vous là, Gondô ?

— Depuis le début.

— Pardonnez-moi, je ne vous avais pas remarquée. Je vous en prie, asseyez-vous. »

Il me fait signe de prendre la chaise métallique rangée contre le mur. Je la déplie et m'assieds.

« Si vous le permettez, patron…

— Quoi ? Qu'y a-t-il ? Vous me faites peur. »

Il s'écarte imperceptiblement.

« Puis-je vous demander que cela reste entre nous ? »

Il déglutit bruyamment.

« Quoi donc ?

— J'aurais une faveur à vous demander.

— Mais encore ? »

Je m'incline devant le directeur.

« Je vous en supplie !

— Qu-qu'est-ce qu'il y a, enfin ?

— Augmentez-moi !

— Pardon ?

— S'il vous plaît ! Et accordez-moi une avance sur mon salaire ! Patron ! Je vous en supplie !

— Attendez une minute. Qu'est-ce qui vous prend, tout à coup ? Ce n'est ni le lieu ni le moment pour cette discussion.

— Je vous en supplie ! Patron !

— Pas si vite ! Regardez-moi. Je regrette, mais je ne peux pas décider tout seul des augmentations. Je dois en parler au siège, et puis, si j'augmente votre salaire, je devrai en faire de même pour les autres cheffes de service.

— Vous serez capable de les convaincre sans peine, j'en suis sûre !

— Non, je ne peux pas ! Ne dites pas de sottises. Pour obtenir une augmentation, vous devez d'abord être sélectionnée. Et pour cela, il faut que vos prestations soient considérées comme exceptionnelles. Et quand bien même vous seriez retenue, Gondô, croyez-vous pouvoir réussir l'évaluation ? Vous arrivez tard, vous partez tôt, vous vous absentez sans prévenir… c'est un miracle que vous n'ayez pas encore été licenciée. Savez-vous combien de plaintes nous avons reçues de la part de vos collègues, selon lesquelles vous disparaissez en plein travail ? Pour l'augmentation, c'est non. Impossible.

— Dans ce cas, prêtez-moi de l'argent.

— Pardon ?!

— S'il vous plaît. Je suis complètement à sec.

— Et pourquoi devrais-je, moi, vous prêter de l'argent ?
— Parce que vous êtes mon supérieur ?
— Aucun rapport !
— Je n'ai même plus de carte de transport.
— Cela ne me regarde pas.
— Je viens à pied tous les jours. Depuis le manga café.
— Hein ? Qu'est-il arrivé à votre domicile ?
— Je ne pouvais plus payer mon loyer, alors j'ai été expulsée.
— Mince alors…
— Je vous en supplie, patron.
— Non, non et non, ce sont deux sujets complètement différents ! Je comprends que vous êtes dans une situation difficile, mais je n'y peux rien.
— Faites quelque chose !
— Inutile d'insister ! Franchement… Vous qui ne dites jamais rien, pour une fois que vous l'ouvrez, c'est pour me réclamer de l'argent ? Vous n'avez pas honte ? Enfin, vous n'êtes plus une enfant, soyez plus respectueuse envers les autres… Ah, je sais : avez-vous essayé de demander de l'aide à votre famille ou à vos proches ? D'où venez-vous, Gondô ?
— Patron…
— J'ai dit non.
— Je ne dirai à personne que vous avez volé la petite culotte de Reina Igarashi.
— Hein ?!
— Je vous le promets. Je vous jure de garder le secret.
— …»
Après quelques minutes de silence, il finit par murmurer :
« Je vais y réfléchir…
— Merci beaucoup ! Vous me sauvez la vie ! »

Pendant ce temps, c'est un tout autre sujet qui anime les deux personnes parties préparer le thé dans la cuisine. *Oh, vraiment? Félicitations!* La voix de la cheffe Tsukada nous parvient jusque dans la chambre. De quoi peut-il bien s'agir ? Lorsque je les interroge, on me répond que le directeur s'apprête à devenir père une nouvelle fois, l'année prochaine. Sa femme porte en elle le germe d'une nouvelle vie.

J'avais beaucoup de temps à tuer, ce matin.

J'ai étendu le linge, rangé la maison, pris mon petit déjeuner en regardant la télévision, et, après m'être allongée un peu, je suis sortie faire les courses dans la galerie marchande.

Là-bas, je suis passée au drugstore, à la boutique de saké et à la boulangerie. Sur le chemin du retour, j'ai fait un tour au parc, où je me suis assise sur l'un des trois bancs côté sud, celui le plus au fond.

C'est le siège réservé de la femme à la jupe violette.

Si on n'y prend garde, quelqu'un finira par s'y asseoir, sans se gêner.

C'est pourquoi j'ai décidé de m'y installer. Il y a bien une pancarte, sur laquelle il est écrit de ne pas monopoliser la place, mais jusqu'à présent, personne n'est venu se plaindre. Un jour, peut-être, on viendra me tapoter l'épaule pour me dire « c'est ma place ». Et si la personne qui se tient alors devant moi est bien la titulaire du siège ? Alors, je le lui céderai avec joie.

Mettant de côté mon sac de provisions, je sors un paquet contenant une brioche fourrée à la crème. La pâte est encore tiède. Je commence par la couper en deux et en pose une moitié sur mes genoux. Je m'apprête à enfourner l'autre dans ma bouche quand soudain, *paf!* on me tapote l'épaule.

Quel sens du timing!

Le petit plaisantin détale avec un éclat de rire.

Natsuko Imamura est née en 1980 dans la préfecture d'Hiroshima. En 2010, elle reçoit le prix Osamu Dazai pour *Atarashii musume*. L'année suivante, son recueil *Kochira Amiko*, contenant la nouvelle éponyme ainsi que le récit « Picnic », obtient le prix Yukio Mishima. En 2017, elle remporte le prix Hayao Kawai pour le roman *Ahiru*, ainsi que le prix Noma, récompensant les meilleurs nouveaux auteurs de littérature, pour *Hoshi no Ko*.

La femme à la jupe violette a remporté le prix Akutagawa.

DANS LA MÊME COLLECTION

FRED D'AGUIAR, *Les cris de l'océan*
SAMINA ALI, *Jours de pluie à Madras*
CHLOE ARIDJIS, *Le livre des nuages*
CHLOE ARIDJIS, *Déchirures*
HOMERO ARIDJIS, *La zone du silence*
CHLOE ARIDJIS, *Fugue mexicaine*
SAWAKO ARIYOSHI, *Kaé ou les deux rivales*
SAWAKO ARIYOSHI, *Les dames de Kimoto*
SAWAKO ARIYOSHI, *Le crépuscule de Shigezo*
ELIZABETH VON ARNIM, *Mr. Skeffington*
LUKAS BARFUSS, *Les hommes morts*
JULIAN BARNES, *L'homme en rouge*
JULIAN BARNES, *La seule histoire*
JULIAN BARNES, *Un homme dans sa cuisine*
JULIAN BARNES, *La table citron*
JULIAN BARNES, *England, England*
JULIAN BARNES, *Dix ans après*
JULIAN BARNES, *Quelque chose à déclarer*
JULIAN BARNES, *Arthur et George*
JULIAN BARNES, *Rien à craindre*
JULIAN BARNES, *Pulsations*
JULIAN BARNES, *Une histoire du monde en dix chapitres ½*
JULIAN BARNES, *Une fille, qui danse*
JULIAN BARNES, *Quand tout est déjà arrivé*
JULIAN BARNES, *Par la fenêtre*
JULIAN BARNES, *Le fracas du temps*
JULIAN BARNES, *Ouvrez l'oeil!*
DIKSHA BASU, *Pauvres millionnaires*
LOUIS DE BERNIERES, *Des oiseaux sans ailes*
LOUIS DE BERNIERES, *La fille du partisan*
LOUIS DE BERNIERES, *Un immense asile de fous*
TONY BIRCH, *Du même sang*

MARLENA DE BLASI, *Mille jours à Venise*
MARLENA DE BLASI, *Mille jours en Toscane*
MARLENA DE BLASI, *Un palais à Orvieto*
DENNIS BOCK, *Le docteur rouge*
JJ BOLA, *Nulle part où poser sa tête*
ANIRBAN BOSE, *La Mort de Mitali Dotto*
ALAIN DE BOTTON, *Les Consolations de la philosophie*
ALAIN DE BOTTON, *L'Art du voyage*
ALAIN DE BOTTON, *Du statut social*
ALAIN DE BOTTON, *L'architecture du bonheur*
ALAIN DE BOTTON, *Splendeurs et misères du travail*
IVAN BOUNINE, *L'amour de Mitia*
SYLVIA BROWNRIGG, *Quelques pages pour toi*
SYLVIA BROWNRIGG, *Un amour de plus*
THOMAS BUERGENTHAL, *L'enfant de la chance*
DOROTHY BUSSY, *Olivia*
BELLA CHAGALL, *Lumières allumées*
JEROME CHARYN, *Mort d'un roi du tango*
JEROME CHARYN, *Rue du Petit-Ange*
JEROME CHARYN, *La lanterne verte*
JEROME CHARYN, *Dans la tête du frelon*
JEROME CHARYN, *Sténo sauvage, la vie et la mort d'Isaac Babel*
JEROME CHARYN, *El Bronx*
JEROME CHARYN, *Citizen Sidel*
JEROME CHARYN, *Sous l'oeil de Dieu*
JEROME CHARYN, *Bronx amer*
JEROME CHARYN, *Cris de guerre avenue C*
TERRENCE CHENG, *L'étudiant chinois*
ANNE CHERIAN, *Une bonne épouse indienne*
JULIE COHEN, *Les inséparables*
JULIE COHEN, *Louise et Louis*
JUSTIN CRONIN, *Huit saisons*
JUSTIN CRONIN, *Quand revient l'été*
JOSE DALISAY, *La sœur de Soledad*
ACHMAT DANGOR, *La malédiction de Kafka*
ACHMAT DANGOR *Fruit amer*

ANITA DESAI, *Le jeûne et le festin*

ANITA DESAI, *Poussière de diamant*

ANITA DESAI, *Un parcours en zigzag*

ANITA DESAI, *L'art de l'effacement*

ROBERT DESSAIX, *L'amour de toute une vie*

ROBERT DESSAIX, *Arabesques*

ELLEN DOUGLAS, *Le brasier d'une vie*

HELEN DUNMORE, *Le mensonge de Daniel Branwell*

HELEN DUNMORE, *Trahir*

MIRCEA ELIADE, *Minuit à Serampore*

STANLEY ELKIN, *Mrs. Ted Bliss*

ASHOK FERREY, *L'incessant bavardage des démons*

ANA GARCIA BERGUA, *L'île aux fous*

MAXIME GORKI, *Veilleur de nuit*

ELIZABETH GOUDGE, *Le domaine enchanté*

ELIZABETH GOUDGE, *L'auberge du pèlerin*

ELIZABETH GOUDGE, *La maison des sources*

SHILPI SOMAYA GOWDA, *La fille secrète*

SHILPI SOMAYA GOWDA, *Un fils en or*

PAULUS HOCHGATTERER, *Le jour où mon grand-père a été un héros*

HAN SUYIN, *Multiple splendeur*

ASHLEY HAY, *La femme du chef de train*

CRAIG HIGGINSON, *Maison de rêve*

CRAIG HIGGINSON, *L'été de « La Tempête »*

ANDREA HIRATA, *Les Guerriers de l'arc-en-ciel*

PAULUS HOCHGATTERER, *Le jour où mon grand-père a été un héros*

A. E. HOTCHNER, *Les étonnantes aventures d'Aaron Broom*

SUE HUBBARD, *Le chant de la pluie*

NATSUKO IMAMURA, *La femme à la jupe violette*

GAIL JONES, *Pardon*

GAIL JONES, *Cinq carillons*

MIREILLE JUCHAU, *Le révélateur*

MARGARET KENNEDY, *Tessa*

JHUMPA LAHIRI, *L'interprète des maladies*

JENNY LECOAT, *La clandestine de Jersey*

PENELOPE LIVELY, *Un paquet de cartes*

PENELOPE LIVELY, *Le tissu du temps*
PENELOPE LIVELY, *La photographie*
PENELOPE LIVELY, *Des vies multiples*
AIMEE LIU, *Un garçon magnifique*
AMANDA LOHREY, *Un certain vertige*
JOAN LONDON, *Elsa et Frank*
PING LU, *Le dernier amour de Sun Yat-Sen*
DAVID MICHAEL LUKAS, *Le dernier veilleur du vieux Caire*
LING MA, *Les enfiévrés*
HEMA MACHERLA, *La brise qui monte du fleuve*
MIRA MAGUEN, *Des papillons sous la pluie*
MIRA MAGUEN, *L'avenir nous le dira, Anna*
MIRA MAGUEN, *La soeur du menuisier*
AMULYA MALLADI, *Une bouffée d'air pur*
AMULYA MALLADI, *Le foyer des mères heureuses*
MARGARET MASCARENHAS, *La couleur de la peau*
ELLEN MATTSON, *Le rivage de la joie*
CHIARA MEZZALAMA, *Après la pluie*
SUSAN MINOT, *Trente filles*
LUANA MONTEIRO, *L'extase de São Mercúrio*
TIMERI N. MURARI, *Les arrangements de l'amour*
TIMERI N. MURARI, *Le Cricket Club des talibans*
SHOBA NARAYAN, *La laitière de Bangalore*
CHRIS OFFUTT, *Les hommes ne sont pas des héros*
EDITH OLIVIER, *Une enfant de l'amour*
KAROLY PAP, *Azarel*
JILL PATON WALSH, *La grotte serpentine*
I. L. PERETZ, *Contes hassidiques*
MEHER PESTONJI, *Dans les rues de Bombay*
CARYL PHILLIPS, *La nature humaine*
SOLEDAD PUERTOLAS, *Une vie inattendue*
SOLEDAD PUERTOLAS, *Ils étaient tous à mon mariage*
SOLEDAD PUERTOLAS, *Adieu aux petites fiancées*
MICHAEL PYE, *L'antiquaire de Zurich*
SARAH QUIGLEY, *La symphonie de Leningrad*
REBECCA RASMUSSEN, *Evergreen*

TORE RENBERG, *Charlotte Isabel Hansen*
TORE RENBERG, *Pixley Mapogo*
JOSE MIGUEL ROIG, *Souviens-toi, Schopenhauer*
JOSE MIGUEL ROIG, *Le rendez-vous de Berlin*
JOSE MIGUEL ROIG, *Le voyage qui ne finit jamais*
JOSE MIGUEL ROIG, *Soleil coupable*
ADINA ROSETTI, *Deadline*
ELIZABETH ROSNER, *Des démons sur les épaules*
MADELEINE ST JOHN, *Rupture et conséquences*
CAROLA SAAVEDRA, *Paysage avec dromadaires*
MAMEN *Sánchez, La gitane aux yeux bleus*
DAVID SANDES, *La méthode miraculeuse de Félix Bubka*
LAVANYA SANKARAN, *Le tapis rouge*
CATHLEEN SCHINE, *Rencontres à Manhattan*
MIHAIL SEBASTIAN, *L'accident*
MIHAIL SEBASTIAN, *La ville aux acacias*
SUSAN SELLERS, *L'oiseau de feu*
ISAAC BASHEVIS SINGER, *Ombres sur l'Hudson*
ISAAC BASHEVIS SINGER, *Au tribunal de mon père*
ISAAC BASHEVIS SINGER, *De nouveau au tribunal de mon père*
JOSEPH SKIBELL, *Bénédiction sur la lune*
SIMONE SOMEKH, *Grand angle*
VIDOSAV STEVANOVIC, *La même chose*
JAN STRUTHER, *Mrs. Miniver*
LARS SUND, *Une petite île heureuse*
MADELEINE THIEN, *Une recette toute simple*
MADELEINE THIEN, *Lâcher les chiens*
HITONARI TSUJI, *Le bouddha blanc*
HITONARI TSUJI, *La lumière du détroit*
HITONARI TSUJI, *L'arbre du voyageur*
SAMRAT UPADHYAY, *Dieu en prison à Katmandou*
SAMRAT UPADHYAY, *Le maître de l'amour*
ANNELIES VERBEKE, *Dors!*
PALOMA VIDAL, *Mar azul*
DAVID VOGEL, *Le sanatorium*
EDITH WHARTON, *La France en automobile*

ZOE WICOMB, *Octobre*
VIGINIA WOOLF, *Les années*
VIRGINIA WOOLF, *La maison de Carlyle*
VIRGINIA WOOLF, *Journal de Hyde Park Gate*
URSULA WERNER, *Cet été-là à Blumental*
KENICHI YAMAMOTO, *Le secret du maître de thé*
JIANG YUN, *Délit de fuite*
LAJOS ZILAHY, *L'ange de la colère*
LAJOS ZILAHY, *Le siècle écarlate*

Composition Entrelignes (64)
Achevé d'imprimer par Normandie Roto Impression s.a.s.
À Lonrai, en avril 2022
Dépôt légal : avril 2022
Premier dépôt légal : mars 2022
Numéro d'imprimeur : 2202038

ISBN : 978-2-7152-5833-4 / Imprimé en France.

546589